GALAXY'S

银河边缘 GALAXY'S EDGE

GALAXY
EDGE

GALAXY'S EDGE

ADVERSARIAL EXAMPLES

银河边缘 GALAXY'S EDGE

012

对抗样本

主编

———

杨枫

新星出版社 NEW STAR PRESS

银河边缘
- 012 -
对抗样本

主　　编：杨枫
总 策 划：半夏
执行主编：戴浩然
版权经理：姚雪
海外推广：范轶伦
文学编辑：余曦赟
　　单卉瑶　康丽津
　　田兴海　朱亚妮
　　　　　姚雪
责任编辑：施然
监　　制：黄艳
美术设计：冷暖儿
　　　　　张广学
封图绘制：
　　　　[瑞典]
　　　基连·恩

Contents

目 录

AND ALL OUR DONKEYS WERE VAIN

by

Tom Gerencer

▽

驴子的末路

［美］汤姆·格兰瑟 著 / 谢宏超 译

汤姆·格兰瑟是美国一名金牌记者，曾为BBC新闻、ABC、NBC等英、美多家媒体机构撰写稿件，作为一名职业作家，他还创办了格兰瑟创意公司。1999年他参加了科幻写作班，在发表数篇优秀的小说后，因忙于事业和婚姻，写作之路一度中断。后来格兰瑟重返科幻圈，为我们带来了脍炙人口的作品。

有一天，我发现外星人对我的三明治产生了浓厚的兴趣。

说实话，这也不能怪它们，因为我做的三明治的确很美味。毕竟，在被"斯图午餐之家"辞退之前，我是那儿一名优秀的副厨。

幸好解脱了。那份工作毫无魅力，薪水实在少得可怜。但显而易见，我的名声已经在外星人的圈子里传开了——那群小浑蛋不知从哪儿得知我在制作分层食物和酱料方面颇有造诣。

如今这个年代，失业对于一些美国人来说十分难熬，但对我来说却是一种享受。我起床打开电视，调到了二十四小时不间断播放阿贝·维高达[1]作品的频道，接着开了一罐啤酒。我从冰箱里拿出脆皮面包，用一把锋利轻薄的小刀切下几块，然后夹了几片热那亚火腿、超级新鲜的马苏里拉奶酪以及少许烤红辣椒和洋蓟叶。接下来便是大快朵颐的时刻。如果你不喜欢这样的生活，那你可能是个怪胎，记得去医院检查一下。

我穿着短裤坐在"乐至宝"懒人沙发里，双脚搭在咖啡桌上，因为沙发脚托被我弄坏了。去年八月，我家的猫卡在脚托的缝隙里死了，我不得不取来一整套老虎钳和真空吸尘器把那玩意儿清理掉。我的妻子对这场悲剧非常不悦，因为那只猫是

---

1. 即亚伯拉罕·查尔斯·维高达（1921—2016），美国著名演员，因在电影《教父》中饰演沙瓦瓦·泰西欧一角而闻名。

她叔叔史蒂夫送的礼物——老实说，我一直都不喜欢它。但事已至此，我们也无能为力了。

人们常说好奇心害死猫，但在我的家里，沙发脚托才是罪魁祸首。

电视上，阿贝·维高达正在抱怨他的咖啡喝起来有股机油味儿。突然，一个东西从餐柜下面爬了出来。我发誓，这绝对是在你最疯狂的梦境里才会出现的画面。

我该怎么向你描述那个东西呢？你应该从未见过我母亲养的博美犬，因此无法参照它的样子。那只博美长了唾液腺囊肿，整个脖子就像被一颗硕大的电灯泡噎住了一样。而在我客厅的那个东西看起来就像从各种博美犬——也许还有雪纳瑞、京巴狗和其他品种的狗——的身上收集了大大小小的唾液腺囊肿，并将其拼凑了起来。不过，那个东西动起来时，像是一条爬行的蛇，或者是那种经营当铺的瘦老头——浓密的白发、黑色的眉毛、粗壮的前臂、鼓胀的眼睛，地下室里通常还埋着尸体。等移动到客厅中央的时候，它立起身子，开口道："嗨！"

现在，请想象一下这幅画面：你穿着短裤坐在懒人沙发里，刚开始大口享用美味的三明治和一瓶用于助兴的冰镇啤酒，突然，从餐柜下面钻出了一个不知道来自行星X还是其他什么鬼地方的不速之客。它亲热地跟你打招呼，仿佛自己是住在隔壁的酒友。

我差点被三明治噎得喘不过气来，猛地把马苏里拉奶酪吐了出来，其中三片居然插进了餐柜的镶板里。

"我知道你很忙，"那个东西说，可它明明连嘴巴也没有，"所以就直奔主题了。我想买你的三明治。"

这到底是怎么回事？我明白人生不会一成不变，也明白生活可能没有意义，但现在的情况实在太离谱了。在其他所有事情上，我都可以做到毫不在乎，有两次除外。一次是我的弟弟在成年之后跟一个妓女纠缠不清；另一次是我的丈母娘昨天坦白，她一直认为我跟蛋黄酱广告里那个长着鹰钩鼻、发际线堪忧的家伙一模一样。

我吐出嘴里残余的三明治，问道："你想买一块三明治？"

"不是其他的三明治，"那个东西说，"而是你手里那块。"

我看向已经咬了一口的三明治，突然想起自己之前连手都没洗。尽管如此，面前的生物似乎对此毫不在意。它看起来是多么畸形、肮脏、古怪啊……一不留神，三明治掉到了我的身上，我继续问道："你究竟是什么玩意儿？"

"噢，你把三明治弄掉了。"那个东西说，"用你们人类的话说，我是一个外星人，来自M31星云中的一颗行星。你听说过吗？"

我当然没听过。我猜，是它们的对外宣传做得太差劲了。于是，我诚实地回答道："没有。"

它发出了一声轻轻的叹息。"好吧。"它继续说，"我的行星在某些外星圈子中相当有名，因为我们有全宇宙最美味的兹里博克。"

"最美味的什么？"

"兹里博克。"那个东西说，"有点像你们的纽约比萨，只不过少了奶酪和表面的脆皮。另外，兹里博克在吞进肚子里的时候还是活的。"

好吧，我可不太认同它的话。没有什么东西能比得上纽约比萨，除了纽约比萨本身。实际上，我对此还有一套理论：比萨的美味程度跟它到纽约的距离成反比。我曾经在西弗吉尼亚州吃过一块，至今也不愿回忆那次特别的美食之旅。此刻，那个东西正坐在我妻子的小地毯上。听完我的比萨理论后，它说："你说得对。事实上，M31星云也有纽约比萨。通过监视和绑架人类，以及在你们身上植入探测器，我们在几个世纪之后终于掌握了比萨的制作方法，其威力足以杀死一头驴。"

我没有继续问它为什么驴子会出现在外星球上，或者为什么要让驴子吃比萨。在有限的经验里，我明白不能追问外星人有关食物的那些毛骨悚然的细节。可是，好奇心还是占了上风。最后，我开口问道："纽约也有兹里博克吗？"

"有的。"那个东西回答道，"你的比萨理论对此同样适用，不过要以我们的星系而不是纽约作为参照坐标。这里的兹里博克是一种特别恶心的冷冻快餐，好像是叫索尔兹伯里牛肉饼。"

听到这句话，我差点想从沙发里跳下来，举起娱乐设备下方的低音音响好好教训这个丑陋的小东西一下。"冷冻"和"快餐"这两个词语头一回出现在我的客厅里，但说话一方并不是在讨论南极食物。

"听着，不管你是不是外星人，"我接着说，"都不准再提兹里博克之类的东西了。我家里还有小孩。"虽然他们还在学校，但类似冷冻快餐这样的垃圾食品会像辐射或者讨厌的亲戚一样，在我的房子里阴魂不散。

"好吧。"那个东西说，"在我们的星系，兹里博克非常美味。它让我们的教育、艺术和科技上升到了一个新台阶。品尝一份精美的兹里博克，丝毫不亚于经历一次奇妙的宗教体验。"

"真的假的?"我说。

"真的，我亲身体验过。"那个东西说，"再告诉你一件事：在我们那儿，制作兹里博克的厨师备受尊崇，是大家的偶像。只要做出一盘美味的兹里博克，你就能得到别人最崇高的敬意。"

我开始对M31星云感兴趣了。无论它们的对外宣传做得多差劲，但只要它们崇拜厨师，那一切都不是问题。

"所以你们才对三明治如此感兴趣?"

"不是所有的三明治，"它说道，"而是你身上那块。"

我低头向下看去。不得不承认，这确实是一块不错的三明治，而且美味程度远超我的想象，以至于吸引外星人横跨宇宙来到这里。我知道美国东部有一家希腊风味的小餐馆，他家的羊肉串据说有拯救婚姻的奇效——不过，附近实在太难停车了，我已经有好几年没去过了。

"事情是这样的，"外星人抖动着身上的瘤子说，"早在几百年前，你的比萨理论就被我们的族人知晓了。"

"然后呢？"我示意它继续说下去。

"我们最伟大的先知预言了你创造那块三明治的过程。它还知道你会坐在这张懒人沙发里观看阿贝·维高达的作品。"

"真的吗？"我问，"那它有没有提到我穿短裤的事？"

"这个细节并没有出现在预言中。"外星人说道，"不过，先知声称，你的那块三明治是史上最美味的东西之一。"

我丝毫不怀疑它说的话。这并不是自夸，而是因为我在制作分层食物方面拥有与生俱来的直觉。有的人也许在音乐上天赋异禀，有的人也许是数学天才，而我则可以用两块面包和几片咸肉玩出令人难以置信的花样。其他人只会把火腿、奶酪和调味品混在一起，并自诩美味，我却可以非常精准地拿捏好分寸，充分考虑食材的比例、摆放的位置、食物的口感以及搭配的风味。我曾经做过一份鸡肉堡，相当确定它以烹饪的形式传递了关于宇宙的所有奥秘。那时，我还在"斯图午餐之家"工作，爱丽丝碰巧去那儿吃午餐。她只尝了一口鸡肉堡，便问能不能给我生孩子。我们因此结缘，但她也许时常会后悔。尽管如此，只要尝到我做的三明治，她仍然会激动得浑身颤抖。

我看着这块三明治，多希望外星人能晚一点来，最起码等我再尝上一口。现在，三明治掉在我的平角短裤上，已经毁了一半——马苏里拉奶酪紧贴着短裤印花，油滴到了我的大腿上。这场面让人不忍直视。

"你确定想要这块三明治？"

"做梦都想。"

"可它已经残缺了。"

"这不是问题。"

"不是问题？"我接着说，"那给你有什么用？"

"我的意思是，"那个东西解释道，"我可以修复三明治。"

它的话听起来有点像《无敌金刚》[1]的开场白。于是，我接着问道："你打算怎么修复？给三明治裹一张超能力餐巾纸吗？"

"与你无关。"它说，"你只需要知道，我会开出天价买下那块三明治。"

"你说什么？天价?!"

"你将永远不必为钱发愁。"

"可以再讲清楚一点吗？"我问。好吧，你大可以说我畏首畏尾，但母亲总是教导我，凡事不要高兴得太早。

---

1. 美国1973年至1978年播出的一部科幻动作电视连续剧。

"一亿美元怎么样?"

"就为了这块三明治?"

"听着,"外星人说道,"我真的很需要那块三明治,它对我来说意义重大。"

显然,它没有说谎。我又考虑了一下。一亿美元对外星人来说可能不算什么大事,天知道外星币兑换美元的汇率是多少?"你打算用三明治来做些什么?"我追问道。

"你到底想不想要一亿美元?!"

每当回顾这一刻时,我都确信自己疯了。不过,外星人的出现让我坚信,这块三明治的价值远远超出我的想象。联想到早前关于纽约比萨杀死驴子的对话,我突然感觉自己责任重大。此刻,我仿佛回到了高中,正面对着唐娜·里奇不戴避孕套做爱的邀约,而这个看似无关紧要的决定可能引起一连串的连锁反应。如果你活得够长,应该能明白我的意思。

"如果三明治对你来说意义重大,"我语气激烈地说,"那就告诉我,你打算用来做什么!"

外星人叹了口气,身上的一些囊肿瘪了下去。"好吧。"它说,"据先知说,你那块三明治的美味程度大约是一块纽约比萨的五十三倍。如果我将三明治带回M31星云,然后通过烹饪设备进行复制,其威力——毫不客气地说——将是毁灭性的。"

"比杀死驴子还厉害?"

"厉害得多。"外星人回答道，语气突然严肃起来，"几个世纪以来，各方势力对那块三明治觊觎已久。你不知道我为了来到这里，一路都经历了什么。现在，我要带走那块三明治，如果必要的话，你灵活的手指也可以一齐切下。"

我母亲养的博美犬不可能从唾液腺囊肿里挤出一把巨大的弯刀，但面前那个东西却不费吹灰之力就做到了。六只长长的爪子从它身体里伸了出来，从爪子尖端滴落的液体一沾到地毯就冒起了烟。

我突然有种不祥的预感。老实说，我一点也不想将三明治交到外星人手中——谁知道会不会造成无尽的宇宙毁灭呢？但我的人生信条告诉我，不要与可怕到足以烧穿地毯的畸形生物起冲突。

"你想顺便带一些啤酒回去吗？"我问。毕竟，回程相当漫长，而太空旅行很容易口渴。

几个小时之后，我擦拭着餐柜镶板上的油渍。当我转过头时，一台可乐贩卖机不知何时出现在了我妻子的小地毯中央。我还没来得及叫出声，可乐贩卖机先开口了："别告诉我它已经走了。"

我绞尽脑汁地思考起来：什么东西会对这台说话的可乐贩卖机造成困扰？正当毫无头绪的时候，我猛地想起了那块三明治。

"你来自M31星云？"我试探地问道。

"人类，你反应倒挺快。"

"你看起来像一台可乐贩卖机。"

"我从你的潜意识里选择了这个形态。实际上，我可以变成任何东西，甚至包括由狗的唾液腺囊肿拼凑出的生物，如果有必要的话。"

"我懂了。"我说道。

"我是斯克罗布洛尼人。"可乐贩卖机继续说。

"这名字听起来像一种意大利面。"

"从你们人类的角度来理解，这是一个外星种族的名称。"斯克罗布洛尼人说道，"那个希恩人拿到了三明治？"

"如果你指的是那个看起来像唾液腺囊肿组合体的家伙，那我的回答不得不让你失望了。"

那个东西给了我一亿美元的巨额支票后，又爬回了餐柜下面。当时，我把注意力全都放在了验证支票真伪上，它那十多厘米长的尖爪和不断滴落的酸液丝毫没有吸引我的目光。

"天哪，简直糟透了！"斯克罗布洛尼人大叫道，"你知道自己干了什么吗？"

"卖出去了一块三明治。"我说。听见我的回答，可乐贩卖机的灯光开始闪烁起来——它后来解释说，那是在表达某种负面情绪。

"你毁了我的世界！"接着，这个斯克罗布洛尼人向我讲述了希恩人的情况。希恩人居住的行星距离它们不远。那是一个生性残暴的种族，兼具帝国主义的傲慢和野心，有点像古代的罗马人。

"有一段时间，我们从地球绑架驴子来抵御它们的入侵。"斯克罗布洛尼人说道。

"驴子？"

"驴子是太空军事战略方面的天才，"它解释道，"但前提是你得改造它们。除了对其大脑进行扩容，加快新陈代谢的速度，还要提供居家培训。你知道给基因改造过的驴子清理粪便是什么滋味吗？最好永远别去尝试。"

外星人抽搐着身子，过了好一会儿才缓过来。我确信它一定是回想起了某段生不如死的经历。然后，它接着说："当然，纽约比萨改变了这一切。希恩人仅用几块比萨就让所有驴子丧失了战斗力。"

比萨理论又在起作用。纽约比萨既可以用来做好事，也可以用来做坏事，对此我一点儿也不惊讶。过去这些年，我的人生面临一堆烂摊子，而分层食物方面的天赋则是老天对我的赔礼，仿佛在告诉我："人类啊，死亡、纳税以及你婶婶治疗肝病的巨额负担着实痛苦，我非常理解。那就给你一点儿补偿吧。"现在看来，这种天赐的能力同样是一把双刃剑。

"原来如此。"我说道，"还好兹里博克只是某种难吃的冷冻快餐，谢天谢地。"

"根本不是什么冷冻快餐。"斯克罗布洛尼人说,"那个希恩人骗了你。兹里博克就是你们人类口中的原子弹。你以为白沙导弹试验场以前就是军事基地吗?太天真了!那只是希恩人在沙漠开餐馆的失败尝试而已。正因为那次失败,它们第一次意识到符合比萨理论的食物具有可怕的威力。几百年来,敌我双方都熟知这一理论。曾经有一次,我们的一名先遣哨兵在古代的中国不小心掉了一小块零食,结果导致蒙古部落第二次入侵中原;还有一次,一个希恩人落下一罐没喝完的饮料,最终引发了第二次世界大战。"

"我的老天!"我惊呼道。

"好在这两次事件中的食物不太美味,否则后果不堪设想。"

如果不想办法提神醒脑的话,我的神经恐怕就要承受不住了。我沉思片刻,然后往可乐贩卖机的硬币槽里投了几枚硬币,买了一瓶碳酸饮料。

"不准再有下次了。"它警告道,"这种行为非常无礼。"

"抱歉。"我说着,抿了一口手中的饮料。

"你确实应该感到抱歉,因为你的三明治给我的世界判了死刑。"

好吧,我承认自己有些自责,为即将造成数以亿计生灵的死亡感到内疚。但最初制作三明治的时候,比萨理论只对我一人适用而已。更何况在那个希恩人的威胁下,要是不把三明治交出去，我将性命难保。我能怎么办？为了公认的美食，拿自己的生命冒险？这可不是我的风格。就像母亲常说的，我在临终之时不会留下什么遗憾，除了即将死去以外。

不过，我也不能放任奶酪和冷盘轻易毁掉一个世界。于是，我开口问："我现在能做些什么来弥补吗？"

"你可以再做一块三明治给我。"它说道，"如果可以的话，要比之前那块更美味。"

请回答我：在经历冷战期间不断加剧的紧张局势之后，再展开一次军备竞赛有什么意义？答案当然是没有意义。但当我把自己的想法告诉可乐贩卖机之后，它回答说，至少可以阻止既定的死亡、毁灭和种族灭绝。我再一次无言以对。

不过，我转念一想，仅仅因为这个家伙拥有发光面板和各种冷冻饮料，就能证明它诚实可靠吗？我虽然不想让人失望，但权力是一种危险的东西。另外，我向来不喜欢提各种不合理要求的顾客。

"不行。"我最后回答道。

"'不行'是什么意思？"

"擦一擦硬币槽的润滑油吧。"我接着说，"'不行'就是'不行'的意思。你没看到过去几十年的反性侵报道吗？"

"但在我们的世界……"它反驳道。

"你们的世界不会有事的。"我回答道，"你把那个希恩人叫回来告诉它，我为你们分别准备了一种可以惊掉下巴的秘密武器。"

可乐贩卖机开始控诉我的做法不可理喻，但当我举起鱼缸砸过去时，它顷刻间消失了。我一个人愣在原地，挥了挥残留的烟雾，看到地板上躺着小丑鱼的尸体。

接下来的四个小时我都待在厨房里。我确实从未做过史上最美味的菜肴，但也从未承担过关乎两个种族命运的大任。实际上，因为常年在午餐高峰期工作，我在压力下的表现反而更好。我折腾着新鲜的罗勒叶和足以熏出眼泪的大蒜，把自己逼到了筋疲力尽的地步，整个人濒临疯狂。凭借神启的灵感，我手中的松子和橄榄油也达到了极致的状态。当一切完成的时候，我发誓再也不会下厨了。不知怎的，我在发挥巅峰厨艺后遭受了重创，其程度比常年吃意大利面而累积的脂肪还深。正如雕塑家打破模具以保证自己的雕塑是独一无二的那样，我把自己"打破"了。我不知道上帝是否在刚才的过程中动过手脚。另外，据我所知，附近没有一家博彩公司对这件事下注。

等我重新回到客厅时，可乐贩卖机又回来了，跟它在一起的还有唾液腺囊肿组合体。它们站在客厅相隔最远的两个角落里，好像生怕沾染到对方身上的霉菌一样。

"所以你告诉它了？干得不错。"我说。

"我没有告诉它。"可乐贩卖机开口了，"它们的先知预言了这件事。"

"它可是一位很厉害的先知！"希恩人说，"那是香蒜酱，对吗？"

我点了点头，试着忽视香蒜酱近在咫尺的诱惑，但无法做到对如此美妙的艺术品视而不见。端着盛有香蒜酱的碟子，将一根香芹插在香浓的酱汁中……一想到这里，我就忍不住流口水。

"这是相当不错的香蒜酱。"我说道，轻描淡写地展示着自己的惊人天赋，"告诉你们吧，虽然我不知道它将对M31星云造成怎样的影响，但一定很可怕。纽约比萨在香蒜酱面前根本不值一提！"

两个外星人激动地颤抖起来。希恩人伸出了渗着酸液的尖爪，可乐贩卖机则发出了一种越来越尖锐的噪音，仿佛即将发射一道强激光将人劈成两半。

"现在给我听好了。"我说，"我会把香蒜酱同时给你们，这样两个种族就可以消灭对方了。"

"你不能那样做！"可乐贩卖机急了。

事实上我会的。我从老版《星际迷航》的某一集里看到过这样的方法，简直堪称柯克舰长和伙伴们的灵丹妙药。

"要么人人有份，"我说，"要么好好谈一谈，放弃战争，开放外交。选择权交给你们。"

在这个紧张的时刻，空气仿佛凝结了一般。客厅里唯一的声音来自电视里的某个家伙——他抓了一条比自己大两倍的枪鱼，现在被折腾得半死。画面给人以一种强烈的压迫感。

"要么，你把我的三明治还回来。"我对希恩人说。

"不可能。"

我耸了耸肩。其实，无论哪种选择都与我无关，而这正是身为调解员最可贵的要素。"既然这样，我还有第四个选择。"我说着，装作要将盛着香蒜酱的碟子交给斯克罗布洛尼人。

"等等！"希恩人急忙说道，"好吧，三明治还给你。"

它不知从哪儿把三明治变了出来，扔到了地毯上。我弯下腰，动作非常缓慢地捡起那块三明治，模仿着阿尔·帕西诺独自解决黑手党高层时那副云淡风轻的模样。三明治虽然破损得有点严重，但看起来确实像我给它的那块。我咬了一小口，满意地点点头，表示没有问题。我就像一位珠宝鉴定师，而希恩人尽可以试试用塑料珠子来糊弄我。

"做得好。"我说着，悄悄退后几步。

现在回想起来，当时的我或许应该选择别的解决方式。也许一开始我就该分别给它们一份香蒜酱，那样说不定就可以永远终结它们之间的战争。但在不了解故事全貌的前提下，最糟糕的做法就是扮演上帝，而我不喜欢干预自己不了解的事情。因此，我认为最好的解决方式是完全不插手。我之所以扯这么多，只是为了解释自己为什么把香蒜酱涂满三明治，然后把它狼吞虎咽地吃光了。

你可以想象一下，一口气吃掉所有大蒜是什么感觉。我的眼泪被辣了出来，这些混杂在一起的奇妙味道让我短暂地瞥见了世界的真相。然而，跟希恩人和斯克罗布洛尼人受到的致命打击相比，我受的这点苦简直无足挂齿。它们尖叫着疯狂地冲过来，但好在我早有准备，掏出了"路易斯维尔强击手"棒球棍。通常棒球棍被保存在壁橱里，当我丰富的想象力把电影和现实混为一谈的时候，它就会派上用场。

令人惊讶的是，砸烂一台可乐贩卖机简直不费我吹灰之力，尽管它安装了防护装置。我甚至不需要告诉你棒球棍还能做些什么。在右手边，一大堆生物组织也遭遇了同样的命运。

以上就是我的故事。如若涉及任何现实人物，无论生死，可能都是我的错。我最近听说的消息是，希恩人和斯克罗布洛尼人受的伤已经好了，并起诉我发表了这个故事。有一天，一个小伙子出现在家门口，声称自己是一名律师。他在询问我的姓名后递过来几份文书，那时我才得知自己被起诉的事。我问："你是法律方面的律师吗？"他开玩笑说："不，维修管道方面。"这真是一个愚蠢的问题。算了，任由它们起诉吧。

赶走外星人的那个晚上，爱丽丝下班进门就闻到了我嘴巴里浓浓的大蒜味儿。在被她痛骂一顿之后，我感觉自己有能力面对任何事。不管怎么说，自从我回去为"斯图午餐之家"工作后，她就放过我了。我知道自己发誓再也不会下厨了，但希恩人给我的支票其实是某种橡胶，跟车子轮胎没什么两样。另外，斯图似乎并不介意我失去了以前的才能。实际上，他当初之所以炒我鱿鱼，就是因为我在厨房里过于高傲了。

"我们不需要艺术品，我们只需要午餐。"他这样解释道。

我在"斯图午餐之家"的工作一切正常，直到上周四，一只额头高高隆起的驴子走进了餐厅……

"我一直很好奇正宗的比萨吃起来是什么味道。"它点了一块比萨之后说道。

CAPRICORN GAMES

by

Robert Silverberg

▽

摩羯座游戏

［美］罗伯特·西尔弗伯格　著 / 谢宏超　译

罗伯特·西尔弗伯格（1935—　），当代最受欢迎的科幻小说家之一，也是真正的科幻巨头。西尔弗伯格于1955年成为职业作家，第二年就作为最具潜力的新人斩获了自己的第一座雨果奖。截至目前，他一共获得过五次星云奖、四次雨果奖和三次轨迹奖，并于1999年入选科幻奇幻名人堂。2004年，美国科幻与奇幻作家协会将"大师奖"授予西尔弗伯格，这是该领域作者能得到的最高荣誉。

妮基走进超声波清洁剂覆盖的圆锥形区域中，机器粗短的喷嘴发出细微的嗡嗡声。她扭动着身体，想要更彻底地清除自己皮肤上的死皮、小团的汗渍、些许昨天的香水，以及其他残留物质；三分钟后，她干干净净、精神饱满地出现，准备参加聚会。她准备好了派对服装：绿色的中筒靴，柠檬黄色的薄纱束腰外衣，柔软得像蛤肉一般的淡橙色披肩，披肩下除了妮基别无他物——只有柔滑、亮泽如缎子的妮基。她的身材与服饰相得益彰。聚会是专为她举办的，尽管只有她知道这一点。今天是她二十四岁的生日，2029年1月7日，她正值芳龄，身体还没有衰老的迹象。老斯坦纳聚集了许多不同寻常的客人：他承诺会有一位读心者、一名亿万富翁、一位货真价实的拜占庭公爵、一位阿拉伯学者、一个娶了自己女儿的男人，以及其他不可思议的人物。当然，以上这些角色都是次要的，真正的贵宾、夜晚的重中之重、真正的寿星、聚会的灵魂人物——乃是著名的尼科尔森。他已经活了一千年，并且宣称自己将帮助其他人实现同样的目标。妮基……尼科尔森。令人愉快的谐音，昭示着亲近和融洽。亲爱的尼科尔森，你将会告诉我，怎样才能长生不老。这真是一个令人惬意舒心的想法。

窗外的天空是黑色的，雪花斑驳。她想象着自己能听到大风荒凉的呼啸声，能感觉到这栋被霜雪覆盖的九十层建筑物在摇晃。这是她所经历过的最严酷的冬季。几乎每天都要下雪——全球范围的大雪，全世界都为此颤抖，甚至热带地区也不例外。严冰像铁链一样将纽约的街道捆绑起来。墙壁很滑，空气都带有锋刃。今晚，木星在黑暗中闪着耀眼的光芒，就像一颗镶嵌在乌鸦额头上的钻石。谢天谢地，她不用出去。她可以待在这座高塔里，直到冬天结束。邮件由气动传输管道送来；顶层公寓的餐厅会给她供应食物；她在十几个楼层都有朋友。这栋建筑自成一个世界，温暖而舒适。让雪继续下吧，让疾风袭来吧。妮基看着镜子里展露无遗的自己：非常漂亮，无比动人。她整理了一下外衣上精致而轻薄的黄色衣褶，露出一点大腿，又露出一点胸部——当光线从身后照来的时候，就不是一点点了，她整个人都变得光彩夺目。她将自己富有光泽的黑色短发弄得蓬松一些，再轻涂一点香水。大家都喜欢她。美是一块磁铁：它会排斥少部分人，吸引大多数人，没有人不为所动。此时是晚上九点钟。

"上楼，"她对电梯说，"斯坦纳家。"

"八十八楼。"电梯说道。

"我知道，你真贴心。"

走廊里放着音乐，莫扎特的曲子，清冷而婉转。斯坦纳的公寓大门呈半筒状，镀铬钢材质，就像银行金库的入口。妮基对着扫描仪微笑，门旋转着打开了。斯坦纳将手握成杯子的形状，离妮基的胸部只有几厘米，这是他问候的方式。"真漂亮。"他喃喃道。

"很高兴你邀请我来。"

"几乎所有人都到了。亲爱的，这是个很棒的派对。"

她吻了吻他毛茸茸的脸颊。十月份他们在电梯里见过面。他已年过六十，但是看起来还不到四十岁。当她碰到他的身体时，仿佛触到了一个被乳白色冰块包裹的物体，就像一头刚从西伯利亚永久冻土层里苏醒的猛犸象。他们做了两个星期的情人。秋冬交替之际，妮基就离开了他，但他遵守了关于聚会的诺言：她得到了邀请。

"阿历克塞·杜卡斯。"一个留着浓密黑胡子的矮胖男人介绍自己，他的胡子是从中间开的。他鞠了一躬，动作花哨。斯坦纳已消失不见，她被交给了这位拜占庭公爵。他立刻带着她穿过厚厚的白色地毯，来到一处聚光灯簇拥的地方，它们就像是从墙上冒出来的汹涌怒放的蘑菇，照出了她身体的轮廓，引得其他人纷纷侧目。阿历克塞公爵深情地注视着她。但她没有产生任何波澜——拜占庭已经灭亡很久了。他给她端来一杯冰的新酿葡萄酒，并搭讪道："你去过爱琴海吗？我的家族在岛上有座祖传的城堡，往西十八公里就是——"

"不好意思，请问哪位是尼科尔森？"

"尼科尔森只是他目前的名字。他声称自己在我的祖先曼努埃尔·科穆宁皇帝统治时期的君士坦丁堡有一家商店。"他用舌头抵住牙齿，发出了一声傲慢的咔嗒声。"就只是个店主。"拜占庭人的眼睛里隐隐露出凶光。"你真漂亮！"

"他在哪儿？"

"那儿，在沙发旁边。"

妮基只看到众人的后背。她斜向左侧，仔细张望。还是不行。她晚点儿会去找他。阿历克塞·杜卡斯继续用他不加掩饰的眼神盯着她。她懒洋洋地低声说："跟我说说拜占庭。"

在她感到无聊之前，他已经讲到了君士坦丁大帝。她喝完了酒，又故作羞怯地伸出酒杯，示意一个路过的打扮清爽的小生给她再倒一杯。

拜占庭人看起来很伤感。"帝国分裂了，"他说，"被分成——"

"今天是我的生日。"她宣布。

"你也是今天过生日吗？恭喜你，你的年纪和——"

"差远了。还不到一半。甚至若干年后我都不会满五百岁。"她说着，转过身要去拿起她的杯子。四处流窜的小生没有在原地等候这次捕猎。聚会像雪崩一样把他吞没了。六十，抑或八十位宾客，都在走动。窗帘被拉开，暴风雪肆虐的景象尽收眼底，却无人在意。斯坦纳的公寓就像一个电影片场：上好的花园瓷凳，应该是明朝甚至宋朝的物件；用古铜色和猩红色平板装饰的墙壁；聚光灯下的壁龛中摆着前哥伦布时代的手工艺品；像铝制蜘蛛网一样的雕塑；丢勒的蚀版画——不同时代掠夺而来的战利品。矮个子的光头服务员——应该是玛雅人或高棉人，抑或是奥尔梅克人——面无表情地传递着一盘盘美食：鱼子酱，海胆，小块烤肉，小香肠，沾满辣椒酱的墨西哥玉米卷饼。一双双手不停在托盘和嘴唇间来回。这是属于一群生命食客、世界吞噬者的聚会。阿历克塞公爵在抚摸她的手臂。"我会在午夜离开，"他温和地说，"如果你跟我一起走，我会很高兴。"

"我有其他安排。"她告诉他。

"这样的话，"他礼貌地鞠了一躬，看似并不失望，"那就下次吧。需要我的名片吗？"他像变戏法一样从手里拿出一张雕刻精巧的黄褐色卡纸。她刚收下放进钱包，他就被房间里的人群吞没了。一个身材魁梧、眼神狂野的男人立马取代了他的位置，出现在她面前。"你从来没有听说过我。"他开口。

"这是自夸还是道歉？"

"我很普通，只是斯坦纳的员工。他觉得邀请我参加他的一场派对会很有趣。"

"你做什么工作？"

"开货物清单和卸货。这里是不是很棒？"

"你是什么星座？"妮基自顾自地问他。

"天秤座。"

"我是摩羯座。今晚是我和他的生日。你如果真是天秤座，那这就是在浪费时间。你叫什么名字？"

"马丁·布利斯。"

"妮基。"

"布利斯太太的位置还空着，哈哈。"

妮基舔了舔嘴唇："我饿了，你能给我拿些小点心吗？"

他一朝食物走去，她就离开了。绕过长长的房间——经过五重奏弦乐团，经过酒保的宝座，经过窗户——直到她能清楚地看到那个叫尼科尔森的男人。他没让她失望，身材纤瘦，体态优雅，个子不高，但肩膀厚实，是一个风度翩翩、颇有威仪的人。她想亲吻他，从他身上汲取永生。他的脸型呈柔和的倒三角，颧骨突出，薄嘴唇，一头暗黑色的卷发，下巴上没有浓密的胡须，唇边也没有小胡子。他的眼神非常敏锐、激情四射、极尽睿智。他不止一次地经受过世间的一切，不止一次。妮基读过他的书，每个人都读过。他曾做过国王、喇嘛、奴隶贩子、奴隶。他总是不遗余力地隐瞒自己不可思议的寿命，现在又把他骇人的秘密毫无保留地透露给"每月一书"俱乐部的成员。为什么他选择暴露自己，让一切秘密都浮出水面？因为这是启示的必要时刻，他曾这样说过。在他的年华逝去之前，他必须展露出最真实的自己，将永生的礼物传递下去。在新世纪来临之际，他必须分享自己的生命珍宝。十几个人围着他，追逐他的光芒。他的视线越过一排肩膀，目不转睛地盯着她的眼睛；妮基感觉自己被他的视线穿透了，异常兴奋，被上天眷顾之感油然而生。暖流在她的体内涌动，像一条熔融的钨河，像一股滚烫的蜂蜜。她向他走去。一具"尸体"挡住了她的去路。骷髅似的头颅，羊皮纸般的皮肤，噩梦般的眼睛。一只干裂如鳞片的手拂过她裸露的上臂，一个可怕的嘶哑声音响起：

"你觉得我有多少岁？"

"哦，天哪！"

"多少岁？"

"两千？"

"我五十八岁，活不到五十九岁了。来，吸一根这个。"

他用颤抖的双手递给她一支象牙色小管，靠近一端的位置有哥特风格的花押字[1]图案——FXB——另一端有一粒半透明的绿色胶囊。她按了一下胶囊，一股闪烁着的蓝色火焰从中喷吐出来。她抽了一口。"这是什么？"她问道。

"我自己调制的，'五号胞体'，喜欢吗？"

"我有点头晕，"她说，"不行了，哦，天哪！"墙壁在流动，雪花变成了锡纸，药物瞬间起效。那具"尸体"生出一圈金色的光环。他满是皱纹的额头上浮现出美元的符号，就像是圣痕。她听到了海浪的撞击声，波涛的咆哮声。甲板正在隆起，桅杆开始断裂。女人落水了！她哭了起来，只是那微不可闻的声音消失在了回声的波纹里，嘣，嘣，嘣。她紧紧抓住他脆弱的手腕，"你这个浑蛋，你对我做了什么？"

"我是弗朗西斯·泽维尔·伯恩。"

哦，那个亿万富翁。"伯恩产业"就在他的名下，一个庞大

---

1. 最早出现在古代希腊城市发行的硬币上，由城市名的前两个字母构成。现在通常是指由一个人名字的首字母（两个或多个）交织组成的装饰性图案，用来作为标志或个人身份象征。

的企业集团。斯坦纳答应过今晚会给她介绍一位亿万富翁。

"你快死了吗？"她问。

"撑不到复活节了。现在有钱也无济于事，我就是个人形的转移瘤。"他解开皱巴巴的衬衫，那里有一块明亮的金属物，像锁子甲，盖住了他的胸膛。"这是生命维持系统，"他坦言，"它控制着我的生命运转，只要取下来半个小时，我就会完蛋。你是摩羯座吗？"

"你怎么知道的？"

"我也许快死了，但我不傻。你的眼睛里有摩羯座的光芒。猜我是什么星座？"

她犹豫了。他的眼睛同样闪着光芒。白手起家，有超凡的商业头脑，精力充沛，充满傲气。当然是摩羯座。不，太简单了。"狮子座。"她说。

"不。再猜。"他把另一个印有花押字的管子塞到她手里，迈步走开了。虽然最令人头晕目眩的药效已经消退，但她一时之间并没有恢复过来。聚会的客人们围绕着她旋转、流动，她也失去了尼科尔森的踪迹。雪花似乎变成了冰雹，小小的坚硬颗粒飞溅在巨大的窗户上，留下白色的磨损痕迹。大概是她的感知变得敏锐了？谈话的喧闹声此起彼伏，好像有人在调节音量控制器。灯光则以相反的节奏律动。她感到晕眩。一盘金色的鸡尾酒从她身旁经过，她低声询问："洗手间在哪儿？"

走廊尽头。五个陌生人聚集在洗手间门口，悄声说着粗俗的话语。她从他们中间飘然走过，抓住水槽冰冷的边缘，把脸贴在椭圆形凹面镜前。镜中是一只骷髅头颅，羊皮纸般的皮肤，噩梦般的眼睛。不！不！她眨了眨眼睛，自己的五官才再次出现。她颤抖着，努力使自己振作起来。药柜里放着一堆诱人的药品，是斯坦纳的万能灵药。

妮基没有看标签，抄起一把药瓶，随意吞下一些药片。一颗扁平的红色药丸，一颗锥形的绿色药丸，还有一颗柔软的黄色明胶胶囊。也许是头痛药，也许是迷幻药。谁知道呢？谁在乎呢？我们摩羯座并不总是像你想的那样谨慎。

有人敲卫生间的门。她把门打开，发现马丁·布利斯那张平静而充满希冀的脸在天花板边徘徊。他的眼珠微微凸出，脸颊红润。

"他们说你病了。我能为你做点什么吗？"他是如此善良，如此可爱。她把手放在他的胳膊上，用嘴唇轻吻了一下他的脸颊。在他身后的走廊里，站着一个身材魁梧的男人，长着一头金色短发、一双冰蓝色眼睛、一张圆润完美的脸。他的笑容热情而灿烂。"这很简单，"他说，"摩羯座。"

"你能猜到我的——"她停下来，惊呆了，"星座？"她说，声音很小，"你是怎么做到的？噢。"

"对，我就是他。"

她感觉自己不仅是赤裸裸的，而且连神经节和突触都被一览无余。"你要了什么花招？"

"没有花招，只是聆听和倾听。"

"你能听到人们在想什么吗？"

"差不多吧。你觉得这是个派对游戏吗？"他长相俊美，却令人心生畏惧，就像一把正在挥舞的武士刀。她想要他，但她不敢。他有我的号码，她心想。我在他面前不会有任何秘密。他悲伤地说："我不介意你那样想。我知道我吓到了很多人，不过也有些人并不在乎。"

"你叫什么名字？"

"汤姆，"他说，"你好，妮基。"

"我为你感到难过。"

"你并不这么想。你可以自欺欺人，但你骗不了我。不管怎样，你都不会想和你同情的男人亲热。"

"我不会这么做。"

"你会的。"他说。

"我以为你只会读心术，他们没告诉我，你也会预言。"

他凑到她近前，带着微笑。她被这个微笑彻底击垮。她必须奋力抵抗才不至于沦陷。"我有你的电话号码，就这样吧，"他用低沉而刺耳的声音说，"我下周二给你打电话。"他走开的时候说："你想错了。我是处女座。信不信由你。"

妮基麻木地回到客厅。"……曼陀罗[1]的形象。"尼科尔森

---

1. 在印度教、佛教中象征宇宙的几何图形。

正在和众人说着。他的声音阴沉、专注，是纯正的男低音，"每一个曼陀罗都有一个中心——它是万物诞生的地方，是上帝的智慧之眼，是黑暗与光明之心，是风暴中的风眼。那么，接下来，你必须向中心移动，找到阴阳交界处的旋涡，将自己置于曼陀罗的中点。集中自己。你们明白这个隐喻吗？将自己集中在此刻，永恒的此刻。离开中心就是走向死亡，或倒退回出生之时，总会在致命的两极间摇摆。但是，如果你能够不断地将自己定位在曼陀罗的中心，就在正中央，你将能够接触到重生的源泉，你就能成为一个不断自我修复、不断自我补充、不断扩展到自我之外的永生体。你们明白吗？这种——力量。"

斯坦纳在她的肘边，温柔地说："你动情的那一刻真美！"

"这是一场不可思议的聚会。"

"你遇到有趣的人了吗？"

"还有别的吗？"她问。

尼科尔森突然脱离了环绕他的听众，独自一人大步穿过房间，犹如果敢的骑士般快速向吧台走去。妮基急忙去拦他，却撞上了一个端着盘子的光头服务员。托盘很自然地从男人粗大的指尖滑落，像一面旋转的盾牌一样飞向空中；一根根沾着油腻绿色咖喱酱的肉串洒落在白色的地毯上。服务员彻底僵住了。他一动不动地站着，像墨西哥的某种石头神像，厚实的脖颈，扁平的鼻子，就这样痛苦地站了很长一段时间；然后他慢慢地转向左边，遗憾地凝视着自己伸在半空僵硬的手，手中已没了托盘；最后他突然转向妮基，平时面无表情的花岗岩脸上露出了一副仇深似海的表情，但在一闪而逝的瞬间，那腾腾散发的鄙视和厌恶又消失了。他只是在呵呵地笑着，像马匹嘶鸣般的窃笑。他在场面上占据了压倒性的优势。妮基只能在羞辱的流沙中挣扎。她急急忙忙绕过那些滚落的美食，辗转不停地逃到了吧台。尼科尔森，还是一个人。她的脸涨得通红，感觉喘不过气来。她搜肠刮肚地想找出合适的词，舌头却完全打了结。最后，只蹦出几个字："生日快乐！"

"谢谢。"他严肃地说。

"生日过得愉快吗？"

"非常愉快。"

"我很惊讶他们没有让你感到厌烦，我的意思是，要面对这么多人。"

"我不会轻易感到厌烦。"他非常冷静，有着深不可测的耐心。他给了她一个既温暖，又拒人于千里之外的眼神。"我发现一切都很有趣。"他说。

"真是奇妙。几分钟前，我对斯坦纳说了差不多的话。你知道吗，今天也是我的生日。"

"真的吗？"

"我的生日是2005年1月7日。"

"你好，2005。我是——"他笑着说，"这听起来太荒谬了，不是吗？"

34

"你的生日是982年1月7日。"

"你下了不少工夫。"

"我读过你的书，"她说，"我能说句不恰当的话吗？天哪，你看起来一点都不像1047岁的人。"

"我应该像什么样？"

"更像他。"她说，指的是弗朗西斯·泽维尔·伯恩。

尼科尔森呵呵地笑了。她想知道他是不是喜欢她。也许喜欢，也许……妮基冒险做了一些眼神交流。他并不比她高出分毫，这成了一次可怕的亲密体验，他那样定定地、专注地看着她。她想象着有一个跳动的曼陀罗环绕着他，明亮的青绿色辐条从他的心口散开，发光的红色和绿色环状网络连接着这些辐条。她从衣摆下抛出一个欲望之环围绕着他。她的眼神很露骨，而他的眼神则有所收敛。她感到他平静地撤退了。带我进去，她恳求着，带我去里屋，给我注入生命。她说："你将如何选择你要私下指引的人？"

"凭直觉。"

"当然，拒绝任何直接请求的人。"

"拒绝任何提出请求的人。"

"你提了吗？"

"你说你读过我的书。"

"哦，是的，我记得——你不知道当时究竟是怎么回事，直到一切结束了，回过头你才明白。"

"我那会儿只是个单纯的孩子，"他说，"那是很久以前的事了。"他的眼睛又活了过来。他被我吸引了。他知道我是他喜欢的类型，我配得上他。摩羯座，摩羯座，摩羯座的你和我，好比雄山羊[1]和雌山羊。进入我的游戏吧，摩羯。"你叫什么名字？"他问道。

"妮基。"

"一个美丽的名字，一个美丽的女人。"

空洞的赞美使她的心情跌落谷底。她突然惊讶地意识到，自己需要进行战术撤退；退却是必须的，以免她逼得太紧，破坏了在紧张中建立起来的脆弱的关系。她瞥了他一眼表示感谢，然后优雅地溜走了，转向马丁·布利斯，挽住了他的胳膊。布利斯因为这个动作而颤抖，神采焕发，情绪也变得高昂起来。她与他的振动产生了共鸣，变得越来越亢奋。她是聚会的中心，曼陀罗的中心：双足站立，两腿稍微分开，使她的身体成为一个轴心，线条般的能量从地球急速上升，穿过这座建筑的地下，上升到八十八层，穿过她的骨盆、她的心脏、她的头颅。她想，这就是不朽降临时的感受。上天不经意间降下的片刻恩典，点燃了她内心的火光。她看着可怜、痴傻的布利斯。你这可爱的、愚蠢的、行走的笑话。弦乐五重奏发出似要消融的声音。"那是什么音乐？"她问道。"勃拉姆斯？"布利斯自告

---

1. 摩羯座又被称为山羊座。

奋勇要去找寻答案。独自一人的她在弗朗西斯·泽维尔·伯恩面前很脆弱，后者只用一个苍白的眼神就把她打倒了。

"你猜到了吗?"他问，"星座。"

她凝视着他癌变枯槁的身体，腐烂正在里头汹涌蔓延。

"天蝎座。"她沙哑地对他说。

"对! 对!"他从胸前取下一个吊坠，把它一端的金链子挂在她的脖子上。"给你的。"他嘶哑地说道，然后便离开了。她爱抚着它。这是一块光滑的绿色石头。碧玉? 绿宝石? 它的半球形表面上刻着浅浅的图案，是一个环形的十字架——安卡[1]。真漂亮。这是生命的馈赠，来自垂死之人。她隔着密密麻麻的一众人头，深情地向他招手，并眨了眨眼睛。布利斯回来了。

"他们正在播放勋伯格[2]的音乐，"他报告说，"《升华之夜》。"

"真漂亮。"她把吊坠翻过来，让它落在自己的胸口上。"你喜欢吗?"

"我肯定，你刚才还没有这个东西。"

"它才长出来的。"她告诉他。她感到很兴奋，但不及刚从尼科尔森那里脱身的时候。那种聚焦于自我的感觉已经消失

---

1. 古埃及的生命之符，象征着生命。
2. 阿诺尔德·勋伯格（1874—1951），美籍奥地利现代主义作曲家，其创作深受勃拉姆斯和瓦格纳的影响。

了。派对看起来很混乱。情人们正在配对、分散、重组；三三两两的人影偷偷溜进卧室；服务员们更加着魔地把托盘里的饮料和零食推向剩下的客人；冰雹已经恢复成了雪，羽毛状的雪花悄无声息地打在窗户上，粘在那里，在它们消融前那极其短暂的瞬间，显露出闪闪发光的曼陀罗结构。妮基努力重新找到自己的中心。她沉浸在一段令她欢呼雀跃的幻想中：尼科尔森走到她面前，庄严地抚摸着她的脸颊，告诉她："你是被选中的人之一。"再过不到十二个月，就是同他与剩下七名被选出的弟子在新世纪相聚的时候，他将会执起所有人的手，将不朽的生命力注入他们体内，和他们共享千年前别人给予他的秘密。谁？谁？谁？我！我！我！但是尼科尔森去哪儿了呢？他的气场，他的光芒，环绕在他周围的那个虚幻光锥——无处可寻。

几乎就在妮基的眼皮底下，一个戴着喷了发胶的橙色假发的男人，与一个年轻得多、戴着发光的珍珠饰物的女人发生了激烈的争吵。显然是两口子。他们的五官都非常鲜明，突出的眼珠带有光泽，面孔僵硬，两颊肌肉剧烈抽搐着。一起生活久了，长得就像了。他们的争执带有一种陈腐的、例行公事的味道，好像以前就上演过很多很多次。他们向对方解释引起争吵的事情，并进行一番阐释、重申、掩盖，同时为自己证明、辩解、攻讦——你这么说是因为……导致我那样回应的原因是……不，恰恰相反，我这么说是因为你那样说——所有这一切都通过一种平静而尖锐的语气讲出来，令人作呕，痛苦难当，真正的死亡也莫过于此。

"他是她的生父，"妮基身边的一个男人说，"她是第一批试管婴儿中的一个，而他是捐精者，五年前他找到她，并且和她结了婚。这是法律上的漏洞。"五年？他们听起来好像已经结婚五十年了。他们周身被痛苦和无聊包裹着，只有眼睛还残留了些许活力。妮基无法想象那两个人在床上，身体交缠的样子。她想了一下，又笑了。尼科尔森在哪儿？阿历克塞公爵出现了，满脸泛红，汗流浃背，向她鞠了一躬。"我马上就要离开了。"他宣布道，她郑重地接受了这个通知，但没有什么反应，好像他只是在对肆虐着的风暴发表评论，或者只是叽里咕噜地胡言乱语。他又鞠了一躬，便离去了。尼科尔森？尼科尔森？她恢复了平静，找到了自己的中心。他准备好了就会来找我。我们之间有过接触，那是真实而美好的。

布利斯在她旁边比画着说："那是一位出生于国外的学者，以前声望颇高。"

她点点头，但没有去看。

"那是刚从火星回来的宇航员。我从没见过有人的皮肤能晒成那种颜色。"宇航员没有引起她的兴趣。她努力让自己回到兴奋的状态。她感到派对正在接近高潮，到了要作出承诺和决定的时刻。冰块倒入玻璃杯的叮当声，致幻吸入剂散发出的雾气，周围挤压的、带着温度的肉体——这一切都与她紧密相连，她还活着，而且能承受一切。她此时正在颤抖抽搐，如电流贯穿全身一般，变得狂野而鲁莽。她冲动地吻向布利斯，踮起脚尖，把舌头深深地直戳进他惊讶的嘴巴。然后她挣脱了。有人在操控这些灯光：它们变得更红，而后获得能量，迅速变成激烈的蓝白色。房间的另一头，翻腾涌动的人群围着弗朗西斯·泽维尔·伯恩倒下的身影，他的身体散架似的靠在吧台底部。他的眼睛还睁着，但目光无神。尼科尔森在他面前蹲下，把手伸进他的衬衫，小心翼翼地调整着锁子甲下的控制装置。

"没事了，"斯坦纳说，"让他透透气。没事了！"讨论，喧嚣，又是一片混乱的嘈杂声。

"他们说气候模式发生了永久性变化。从现在开始，冬天会变得更冷，因为大气中积累的灰尘遮挡了太阳光线。到2200年左右，我们会被完全冻结——"

"但我认为，二氧化碳应该会产生温室效应，使气候变暖，而且——"

"从发电的角度来说——"

"圣安地列斯断层——"

"通过可转换债券融资，投入——"

"肉毒杆菌毒素胶囊——"

"在格陵兰岛和堪察加城市地区，按每一千户家庭一个的比例分发——"

"在16世纪，当你迫切地想要建立自己的帝国，占据一些未知的区域——"

"摩羯座人格中无解的冲突——"

"面对圆满的曼陀罗努力集中意念、专注冥想，使它的能量转移到自己的心灵和身体，并与之产生共鸣。我的意思是，事实上，宇宙力量只是被重新吸收了。在这一过程中，这些力量——"

"蝴蝶，已无处可寻——"

"从无意识的混乱中被投射出来；在吸收的过程中，力量又重新回来——"

"反映了聚光器官中DNA的变化，这——"

"雪——"

"一千年，你能想象吗？还有——"

"她的身体——"

"以前一只癞蛤蟆——"

"刚从火星回来，他的眼神——"

"抱着我，"妮基说，"抱着我，我头很晕。"

"你想喝点什么吗？"

"只要抱着我就好。"她把手放在男人身上散发着芳香的凉爽布料上，底下是他坚硬的胸膛。

斯坦纳，很有绅士风度。他稳住了她，但只是一会儿，还有其他事情等着他去处理。当他放开她时，她开始摇晃。他向别人招手，那人金发碧眼，面色温和，正是读心者，汤姆。她被接力似的传到了汤姆身边。

"你现在感觉好多了。"读心者告诉她。

"你确定吗?"

"非常确定。"

"你能读懂房间里任何人的心思吗?"她问道。

他点点头。

"甚至是他的?"

他又点了点头:"他的是最清楚的。他的头脑已经用了太长时间,所有沟壑都清晰可见。"

"那他真的有一千岁了?"

"你不相信?"

妮基耸耸肩,"有时候我不知道自己该相信什么。"

"他很老了。"

"只有你知道。"

"他是一个奇迹。他绝对是非凡的。"他停顿了一下,又突然快速地说道,"你想知道他在想什么吗?"

"我怎么能办到?"

"如果你愿意的话,我可以帮你接通。"恶作剧般的,那冰冷的蓝眼睛里突然闪过一丝温度,"要吗?"

"我不确定我想这么做。"

"你很确定,你非常好奇,别骗我了,别玩把戏,妮基,你想看清他。"

"也许吧。"她不情愿地说。

"你想。相信我，你想了解。好了，放松，让你的肩膀低下来一点，放松，让自己去接纳，我来建立联系。"

"等等。"她说。

但为时已晚。读心者平静地分开了她的意识，就像《圣经》中的摩西分开红海一样，把什么东西硬塞进了她的前额，厚重但又虚无缥缈，像是雾气形成的权杖。她颤抖着退缩了，有一种被侵犯的感觉，就像她的初夜，当所有的打情骂俏终于结束，突然间，一个物体侵入。她从未忘记过那种感觉。当然，这不仅是一种侵犯，也是一股销魂的源泉。这次也一样。让她心潮澎湃的物体是尼科尔森的意识。带着惊奇，她探索着它的表面，坚硬而饱经风霜，由于无数次的重生而销蚀，显得坑坑洼洼。她颤抖的双手抚摸着那青铜色的粗糙表面。她一直在外面徘徊。读心者汤姆轻轻推了她一下。继续，继续，再深一点，不要退缩。她把自己包裹在尼科尔森身边，就像把她自己的灵体全都浸入沙子一样。她突然迷失了方向，标志着她自我的终结和他自我的开始的那条清晰、不可渗透的界限变得模糊。她无法区分自己和他的经历，也无法分清自己神经系统的脉动与他身上传来的脉冲。幻影般的记忆袭向她，将她吞噬。她变成了一个纯粹的知觉节点：一双稳定的、冷静的、孤立的眼睛，只是审视和记录。一幕幕图像一闪而过。她正沿着耀眼的雪峰向上艰难地爬行，她头顶上方的白色天空中耸立着喜马拉雅山的锯齿状獠牙，一头牦牛在她身边疲惫地喷吐着带有温度的鼻息。

一排黝黑的男人和她一路，长着斜眼睛，穿着厚重的外套，敦实的靴子。有变质酥油的臭味，风刃惊人的尖锐：在那里，一块如火光般明亮的黄色石膏嵌着一千扇窗户，在突如其来的阳光下闪闪发亮，这是一座建筑，一座沿着山脊而立的喇嘛庙。远处有厚重的号角和喇叭声，还有打着莲花坐的僧侣发出的嘶哑的诵经声。他们在吟唱什么？唵？唵？唵！唵，苍蝇在她的鼻子周围嗡嗡作响，她蹲在一只漂泊的独木舟里，午夜时分，在非洲中心的河流上静静地游荡，沉溺在潮湿的空气中。有结实的紫黑色皮肤的赤裸男人们蜷缩在一起。湿漉漉的叶子在茂密的灌木丛中晃来晃去；鳄鱼的长嘴像长满牙齿的花朵一样，从黑黢黢的水中探出；巨大的令人作呕的兰花在光滑的树干高处绽放。岸上，五个白人男子穿着伊丽莎白时代的服装，留着卷曲的红色胡子，戴着宽边帽，汗津津的领子耷拉着，还有蕾丝边的花式扣子。埃罗尔·弗林，同航海出征的弗朗西斯·德雷克爵士一样，臂弯挂着一把霰弹枪。白人们笑着，用手指挥着，对独木舟上的人呼喝着。我是奴隶还是奴隶主？没有答案。只有一个模糊的新景象：秋天的落叶吹过茅草屋敞开的门口，颤抖的公牛蜷缩在光秃秃、遍地麦茬的田野，留着长胡子、剪着短发的冷峻男人们骑着马朝地平线前行。他们是十字军吗？或者是前去对抗难以匹敌的蒙古人的匈牙利勇士？抑或是为挽救岌岌可危的盎格鲁－撒克逊王国而抵抗诺曼侵略者的保卫者？可能是其中任何一个。但是在每个场景中心，总有双沉着冷静的眼睛，总存在着不为所动的意识。他，永恒，不朽。接着：火车向西行驶，喷吐着白烟，平原向前无限展开，一头长着杂乱长毛的棕色大野牛眼神凶悍地站在铁路右边，一个乱发披肩的男人笑着，把一枚二十美元的金币拍在桌子上。他拿起自己的步枪——一支点五零口径、后膛装弹的斯普林菲尔德步枪——透过行驶中的火车车门，漫不经心地瞄准，开了一枪，又是一枪，再接着一枪。铁轨旁出现三具毛茸茸的褐色尸体，火车继续前进，发出刺耳的鸣笛声。

她的胳膊和肩膀因为受到射击后坐力的冲击而刺痛。接着：一个臭气熏天的海滨，有一捆捆丁香、胡椒和肉桂，一群裹着头巾、缠着腰布的棕色皮肤小个子男人在烈日下争吵。小小的不规则银币在她的掌心闪着亮光。那些叽里呱啦的马拉巴尔方言与带着嘲弄的流利葡萄牙语交织在一起。我们正在和那位著名的葡萄牙航海家瓦斯科·达·伽马一起航行吗？也许吧。接着是一条灰色的日耳曼街道，中世纪风格，微风吹拂，透过铅框的窗户，可以看到有人面色阴沉。然后是戈壁沙漠，有骑士、篝火和黑色帐篷。接着是纽约市，毫无疑问是纽约，方形的黑色汽车在低矮的摩天大楼之间像披着光泽的甲虫一样乱窜，像是某部默片中的场景。接着，无论何人，无论何物，无论何时，无论何地，所有纷杂的事件中，总存在那个清晰的视界，那个坚如磐石的感知点，那个居于中心的坚定意志，那个不可动摇的自我，那个不变的自我——而我正与之纠缠不清。

没有"我"，没有"他"，只有一个永恒感知的观察点。但突然间，她察觉到焦点的转移，一股力量正将她剥离开来，将一个自我与另一个自我分离。因此，她可以从外部，以旁观者的身份去观察他经历过的繁杂生活，清楚地看着他像别人更换衣服一样改变身份，看着他长胡须，刮胡子，剪去头发，看着他长出头发，融入新的潮流，学习语言，伪造文档。她看到了他千百年来的伪装和诡计，看到了他必要的伪装之下真实的、统一的、集聚的灵魂——也看到了他眼中的她。

连接忽然中断了。她一阵踉跄，一双胳膊环住了她。她挣脱那个微笑的圆脸金发男人，喃喃自语道："你做了什么？你没告诉我，他会知晓这一切。"

"不然怎么会有连接呢？"读心者问道。

"你没告诉我。你应该事先告诉我的。"一切都被摧毁了。她现在无法忍受和尼科尔森共处一室。汤姆伸手去抓她，但她跌跌撞撞地从他身边夺路而逃，甚至踩到了其他人。他们向她抛去暧昧的眼神，有人在她的腿上摸了一把。她强行穿过模糊的拉奥孔雕像，三个女人和两个服务员，五个男人和一块桌布。一扇玻璃门，带着闪亮的银色把手，她推开了，阳台上纯洁的狂风也许能净化她。在她身后，有隐隐约约的喘息声，几声尖叫，以及恼怒的劝告："关掉那个东西！"她直接把门一摔。夜里，她孤零零一人，站在距街道八十八层高的地方，她把自己全然交给这阵暴雪。薄薄的上衣没能替她遮挡分毫，雪花在她胸前灼烧。她的双乳在胸前挺立着，像燃烧的灯塔一样竖起，突出在柔软的布料上。雪刺痛了她的喉咙、她的肩膀、她的手臂。在遥远的下方，风把新落下的晶体搅拌成螺旋状的星系，街道消失在其中。混乱的热气带来的上升气流抓住了她束腰外衣的衣角，并将它从身体表面抽开。猛烈又寒冷的冰雹颗粒打在她赤裸的苍白大腿上。她背对着聚会的房间站着。里面会有人注意到她吗？会不会有人以为她要自杀，然后勇敢地冲出来英雄救美？摩羯座不会自杀。他们也许会威胁说要自杀，是的，他们甚至可能非常认真地告诉自己，真的得这么做，但这对他们来说只是一场游戏，只是一场游戏而已。没人来找她。她没有转身。她紧紧抓住栏杆，努力使自己平静下来。

没用的。即使刺骨的空气也无计可施。她的睫毛起了霜，嘴唇上沾着雪。伯恩给她的那个吊坠在胸间闪耀着，在白色的空气中跳动着的绿色暗光几乎要灼伤她的眼睛。她偏离了中心，陷入挣扎。她觉得自己仍然回荡在几个世纪之中，在尼科尔森无尽的生命轨道上来回穿梭。今年是哪一年？是1386，1912，1532，1779，1043，1977，1235，1129，1836？这么多个世纪，这么多生命，永恒的只有唯一真实的自己，永远固定，不会改变。

回响逐渐消失了。尼科尔森无尽岁月的可怕噪音不再填满她的脑海。她开始颤抖起来，不是因为害怕，仅仅是因为寒冷，她扯紧自己潮湿的外衣，试图遮住自己裸露在外的身体。融化的雪在她的胸部和腹部留下了湿热的痕迹。一圈蒸发的水汽环绕着她。她的心脏怦怦地跳动着。

她不知道自己是否真的经历了与尼科尔森的灵魂接触，或者更确切地说，只是汤姆的某种把戏，一种模拟出来的接触。毕竟，汤姆真的有可能在她和尼科尔森这样两个没有心灵感应的大脑之间建立联系吗？也许汤姆根据尼科尔森书中的内容自己编造了这一切。

那样的话，她可能还有希望。

她知道这是自欺，一个绝望的乐观主义者的幻想。尽管如此——

她找到了门把手，让自己重新融入了聚会。一阵大风伴随着她，把雪吹了进来。人们目瞪口呆。她就像来到了庆典的死神，却在下一刻像狗一样甩掉了灼人的雪花。她的衣服湿了，粘在皮肤上；如此还不如光着身子。"你个小可怜还在发抖呢。"一个女人说。她把妮基紧紧地抱在怀里。那是一个五官分明、眼珠突出、试管里受精、成为自己父亲新娘的女人。她的双手迅速掠过妮基的身体，触摸着她的脸颊、她的前臂、她的臀部。

"跟我来吧，"她轻声说，"我帮你暖和起来。"她的面庞在妮基的唇边磨蹭。

最初的片刻，妮基需要温暖，只好将自己投入对方的怀中。随后她又抽开身子。"不，"她说，"改天吧。求你了。"她扭动着挣脱出来，开始在房间穿梭。又是无止境的旅程，就像踩着弹簧高跷穿越撒哈拉沙漠。各种声音、面孔、笑声，她感觉喉咙干涩难忍。然后她又站到了尼科尔森面前。

机会只有这一次。

"我必须和你谈谈。"她说。

"当然可以。"他的眼神冷酷无情。他眼中没有愤怒，甚至没有轻蔑，只有难以置信的耐心，比愤怒或轻蔑更可怕。她不会让自己屈服在这种冷静而逼人的凝视面前。

她说："几分钟前，你是否有一种奇怪的经历，一种感觉，就是有人——嗯，在窥探你的思想？我知道这听起来很蠢，但是——"

"是的，感觉到了。"他说得非常平静。他怎么能那么靠近自己的中心？那坚定不移的眼睛，那特异的自觉自足的自我，承受着一切：奴隶营，铁路上的火车，所有事物，所有过去的时刻，以及所有的将来——他怎么能做到如此平静？她知道自己永远学不会这样的冷静。

她明白，他知道了之前发生的事。他有我的号码，好吧。她发现自己正盯着他的颧骨、额头、嘴唇，但没看他的眼睛。

"你看到的不是真实的我。"她告诉他。

"我看到的不只是你的模样，"他回答道，"我得到了完整的你。"

"不。"

"认清自己吧，妮基。如果你知道该看哪里的话。"他笑了，笑得很温柔，但她却被完全摧毁了。奇怪的事发生了。她强迫自己凝视着他的眼睛，感到意识从一种状态突然转变为了另一种，他变成了一个老人。那张一成不变的中年人的面具消失了，她看到了可怕的泛黄的眼睛，迷宫般的皱纹和沟壑，没有牙齿的光秃秃的牙龈，流着口水的嘴唇，凹陷的喉咙，他脸庞之下真实的自我。一千年，一千年！那一千年的每一刻都清晰可见。

"你真老，"她低声说，"你让我感到恶心。我不想变成你这样，死也不想！"她颤抖着向后退去，"你就是一个很老、很老、很老的老怪物！你的一切都是伪装！"

他微笑着说："这不是很可悲吗？"

"是我还是你？是我还是你！"

他没接话。她对此感到很困惑。当她离他五步远的时候，她的意识又一次突然产生了变化，第二次变化。突然间，他又变回了自己，皮肤紧致，身材挺拔，看起来像是三十五岁的样子。沉默笼罩在他们之间。他对她的抗拒正在减弱。她鼓起最后一丝力气，临走时狠狠瞪了他最后一眼。即使这样，我还是不想要你，朋友，一点都不想。他向她致意。然后离开。

马丁·布利斯就站在吧台附近，茫然地笑着。

"我们走吧，"她野蛮地说，"带我回家！"

"但是——"

"就在楼下几层的地方。"她揽住他的手臂。他眨了眨眼，耸了耸肩，跟上了她的脚步。

"我星期二给你打电话，妮基。"汤姆对从身旁掠过的妮基二人说道。

在楼下，自己的地盘，她感觉好多了。卧室里，他们很快脱下了衣服。他的身体是粉红色的，有些体毛，保养得还不错。她把床打开，床开始咕噜咕噜地震动起来。

"你觉得我多大了？"她问道。

"二十六岁?"布利斯含糊地说。

"浑蛋！"她把他拉倒在自己身上，用手划过他的皮肤，然后分开大腿。继续，像动物一样。她想。像动物一样！她每时每刻都在变老，她正在他的怀里死去。

"你比我想象的要好得多。"她最后说。他看向下方，带着困惑与惊讶。"你可以选择派对上的任何人。任何人。"

"几乎任何人。"她补充道。

当他睡着时，她从床上溜了出来。雪还在下。她听到了砰砰的枪声和受伤野牛的哀鸣；她听到了盾牌上刀剑的铿锵声；她听到了喇嘛在诵经：唵，唵，唵。她今晚根本无法入睡。时钟像炸弹一样滴答作响。这个世纪正无情地走向终点。她在浴室的镜子里检查自己的脸上是否有皱纹。光滑，在蓝色荧光下

51

一切都很光滑。她的眼睛看起来有些血丝，她的双乳依旧挺立着。她从浴室的其中一个柜子里拿出一个小小的雪花石膏罐，三粒细长的红色胶囊落在她的手心。生日快乐，亲爱的妮基，祝你生日快乐。她把三粒都吞了下去，回到床上，倾听着雪花打在玻璃上的声音，等待着幻象到来，带她沉醉异乡。

ACT OF GOD

by

Jack McDevitt

▽

上帝之手

[美] 杰克·麦克德威特 著 / 龚诗琦 译

杰克·麦克德威特，美国当代著名科幻作家，2006年凭借《探寻者》获得星云奖最佳长篇小说奖。迄今为止，他共获得十八次星云奖提名和两次雨果奖提名，已出版的作品包括二十四部长篇小说、六部作品集和八十余部短篇小说。

菲尔，很抱歉冒昧打搅。我原计划在航班抵达后径直去酒店，可我必须找个人谈谈。

谢谢，好的，我来一杯吧。不介意的话，来杯纯麦威士忌。

你已经知道了亚伯的死讯。不，不是地震所致。不全是，听着，我知道这听起来多么荒谬，但你如果想听真相，我认为是上帝杀了他。

我看起来挺疯癫的吗？行吧，可能有点儿。我实在是经历了太多。我也知道早先我对此闭口不谈，但那是因为我签了保密协议。不告诉任何人——上面是这么写的。我在那里工作了两年，迄今为止，从未对任何人提及我们具体做什么。

没错，我真的认为是上帝带走了他。我完全知道这听起来有多疯，但其他说法都无从解释当中真相。令我吓破胆的是，我不确定事情已经尘埃落定。我可能也在暗杀名单上。我想说的是，我从未想过这事儿会遭天谴。一开始我不怎么信教，过去的我不会，现在信了。

你见过亚伯吗？没有？我还以为几年前的一场派对上，我有介绍你们认识。不过，这不重要。

是的，我知道你听说地震时很担心。很抱歉，我应该打电话联系的，但我被震惊得没缓过神来。地震发生在夜晚，而他住的地方，就在实验室。他本来在镇上有栋房子，但大多数时候其实都在实验室过夜，在东侧给他留了间耳房。地震发生时，整个地方全塌了。我猜地震把我和其他所有人都惊醒了。我距离那儿两三公里，以为是夜里什么东西碰撞的声响，甚至没意识到是地震，直到警察打来电话。于是我直奔实验室。菲尔，那场景仿佛是山开了个豁口，把一切悉数吞噬。他们在第二天早上发现了亚伯的尸体。

哪里渎神了？这不是闹着玩儿的，菲尔。我会努力解释给你听，但你的物理不太好，我不知道从哪儿讲起。

你知道，我被委派与亚伯一起工作是千载难逢的机遇，相当于给未来打了包票。我撞了大运。

不过，在我初来乍到时，那看起来像个小项目，并非我所期待的样子。一共就三个人，我、亚伯和电气工程师马克·卡德韦尔。地震前一周，马克在撞机事故中去世了。他拥有飞行执照，当时一个人飞的，没有其他人，就他自己。美国联邦航空管理局说，看起来似乎是闪电击中了机身。

好吧，你想笑就笑吧。不过，让一切得以实现的系统是卡德韦尔搭建的。我知道自己这里讲到前面去了，少了些铺垫，那让我看看是否可以解释清楚吧。亚伯是一名宇宙学家，对大爆炸特别感兴趣，尤其对如何引发大爆炸兴趣浓厚。

我去之前，就对此有所耳闻。你知道该怎么做，对吧？真的制造一次大爆炸。不，我没开玩笑。听着，从理论上讲，这事儿并没那么难实现。你要做的，就是将几千克的普通物质压缩进足够小的空间，非常小，比一个原子核还要小得多得多。

然后，当你解除束缚它的压力时，它就爆炸了。

不是，我不是指核爆炸。我是说大爆炸，一次名副其实的大爆炸。它会膨胀成一个全新的宇宙。总之，我想告诉你的是，他成功了。不仅如此，他三十年前就做到了。是的，我知道你没听到爆炸声。菲尔，但我是认真的。

听着，事情发生时，爆炸撑开了一个迥异的维度，因此对隔壁的人毫无影响。但它确实是能发生的，而且已经发生了。

没人知道这件事。他没声张。

我知道，你无法往一个原子核大小的空间塞太多物质。没必要。原始的程序包不过是一粒宇宙种子，包含触发物和一系列指令。一旦引爆，整个过程将自给自足，它能创造出所需的一切。力开始运作，物理常数确定下来，时间开始了，它的时间。

我曾好奇他干吗选了科罗拉多州的克雷斯特维尤这个地方。后来他告诉我，之所以跑到那儿，是因为足够偏远，相当安全，不会有人拥进来问东问西。我刚到那儿，他就让我坐下，要我签协议，上面规定没他的明示许可，我对实验室的工作一个字儿都不能说。他对我了解得很透彻，我这才意识到自己为什么会击败几百个更优秀的候选人获得任命。对于守口如瓶这事儿，我确实信得过。

起初我还以为实验室参与了某种国防项目。但这地方没有配备安保，也没装围栏，也没养狗。他把我介绍给马克和西尔维娅·麦考斯。马克是个小个头，胡子急需理发师抢救。西尔维娅则是一名高挑、威严的女性，有着深色的头发和眼睛。我确信她年轻时肯定是个性感尤物。她是项目里的天使。

我得补充一句，西尔维娅也死了。地震后两天，她开车撞上了一棵树。警察认为她被悲伤淹没，因此没有留意自己在干什么。单车事故，跟马克一样，身边也没旁人。

我说的天使，是天使投资人那样的吗？没错，如出一辙。她的家族经营着落基山脉的一众度假村。她对亚伯的计划兴致很高，于是赞助了这个项目。她来提供现金，马克设计装置，亚伯创造奇迹。好吧，可能我这里措辞不太恰当。

他为什么不申请政府资助？菲尔，政府连干细胞、克隆、粒子加速器都不喜欢，你认为他们会给一次大爆炸投资？

没错，我当然是认真的。我看起来像是信口开河吗？对这种事情？

我之前为什么不发声？不阻止其发生？菲尔，看来你没在听。早在我去之前，项目就进行得热火朝天、前景可观了。

没错，那是一个真正的宇宙，就跟我们所处的这个相仿。可以说，他将其放置在了大楼里。这很难解释清楚。它向着我之前告诉过你的那个维度延伸出去，可不止三个维度。你能否想象并不重要，但它就在那儿。听着，或许我该走了。

唉，好吧。不，我没生气，只是想你好好听我倾诉。很抱歉，我不知道如何解释得更清楚。菲尔，我们能看见它。马克制造出一种装置，让我们能够观察，甚至在有限条件下去引导事件。他们称这种装置为"柱面仪"。你往里瞧，会看到星云、星系及熠熠光芒。一切都在旋转、飘浮，超新星的明灭仿佛闪烁的圣诞灯火。其中，某些星系的中央如壁炉般熊熊燃烧着。真是不可思议。

我知道这事儿叫人难以置信。请相信我的话。我不知道他打算什么时候宣告它的存在。每当我问及，他总说待时机成熟。他害怕万一被人发现，项目会被终止。

很遗憾听到你这么说。这事儿从未对任何人造成过伤害。这种事儿你甚至可以在自家车库里鼓捣，邻居绝不会注意到。呃，如果你与马克并肩协作，你也能做出来。

菲尔，我真希望你能亲眼看看。微宇宙——这是他的说法，不是我的——已经历经八十亿年的相对时间。也就是说，微宇宙里的时间流逝要比克雷斯特维尤快得多。我说过，到那时为止，它已经诞生并运行了三十年。

你朝那台机器里看去，一切一览无余，使你感到渺小。你知道我的意思吧？当然，是亚伯搞清楚如何使其发生的，但魔法时刻蕴藏在过程之中。在我们所生活的这个地方，你竟然可以压缩几克泥土，然后就获得一个活生生的宇宙，这事儿是怎么成为可能的？

而且它是活的。我们集中观察了其中几个世界。它们绿意盎然，有动物的身影。有不少捕食动物，菲尔，令人难以置信的捕食动物。这就是他拉我入伙的原因。但似乎没有智慧生命存在。允许智慧生命出现的必要条件是什么？之前从没人用这样的措辞提出这个问题，我也不确定自己是否知道答案。

不行，我们无法实时观察。我们必须先拍摄下来，然后放慢无数倍。不过这方法挺管用。我们能看到那儿发生了什么。

我们挑选出大约六十个世界，全是食肉动物横行的。有些动物可以一口吞下霸王龙，权作开胃菜。亚伯有项技术，可以让他深入其中，对里面的事件施加影响。不是物理意义上的深入，我的意思是，他无法伸一只手进去。不过，我们可以利用电磁感应。我不想费力解释，因为我自己都一知半解。就连亚伯也并非百分百理解透彻了。真有意思，我现在回头看，怀疑马克才是真正的天才。

我们的任务是找出富于潜力的物种，消灭当地的捕食动物，给有潜力的物种提供进化的机会。

在有些世界里，我们触发了大型火山喷发，将腐殖土抛入大气，改变当地气候。有两次，我们利用海底地震，使巨浪淹没捕食动物遍布的平原。在另外一些地方，我们制造了流星雨。按照我们的时间标准，在事后几小时，我们回去看结果，发现大部分情况下，我们都消灭了目标，而挑选出的物种发展得不错，谢天谢地。在实验后的两天之内，我们收获了第一批定居者。

我得补充一句，这些定居者没一个看起来跟人类有丝毫的关系。

如果按我的想法，我们会就此罢手。我对亚伯提议，是时候宣布他的发现了。向公众报告结果，对世界展示它的存在。但他持反对意见。"公开？"他横眉怒目道，"杰瑞，这世界满大街都是好管闲事之辈，会有人起来抗议，呼吁成立调查组，还会有人举牌指控我在扮演上帝。我的余生都要努力向那帮蠢材一再保证，我们现在的所作所为不会涉及道德层面。"

我对此思考了几分钟，然后问他是否确定不会涉及。

他对我投来微笑，仿佛是在说我忽略了某个显而易见的细节，而他正试着对我的愚蠢表现得宽宏大量。"杰瑞，"他说道，"我们将生命赋予了几千代的智能生物，除此之外，没做过什么吧？如果有，那我们也理应受到表扬。"

万古时光白驹过隙。微宇宙的时间过去了几万年，但那些定居者哪儿也没去。我们知道它们在相互斗争，也能够看到结果。村庄烧毁，横尸遍野。当然不是有组织的战争，不过是当地的大屠杀而已。但没有城市的迹象，哪儿都没有。

也许它们没有我们以为的那么聪明。地方冲突不会阻止文明的兴起。事实上，我们有理由认为冲突是一个必要因素。不管怎样，就在这个时候，马克的飞机坠毁了。亚伯深受打击，但他坚持继续干下去。我们问过是否要找人替代马克，但他说没必要，眼下我们具备所需的一切技能。

"我们必须进行干涉。"他说。

我等他进一步解释。

"语言,"他补充道,"我们必须解决语言问题。"

"什么语言问题?"我问。

"我们要能够与它们对话。"

我们具备给它们捎口信的能力。不,菲尔,我们没有办法以实体现身并进行对谈。但我们可以安置某样东西,让它们发现。如果可以掌握其语言。

"你打算怎么做?"我询问道。

他站在窗边,凝望着楼下的克雷斯特维尤:一条宽阔的大道,寂寥的交通灯,城镇边缘的麦克斯加油站,以及大概创建于1920年的红砖墙的罗斯福学校。"告诉我,杰瑞,"他说,"为什么这些生物无法建城?"

我毫无头绪。

这些物种中,有一支发展出了类似书面语的东西,但那就是极限了。我们本以为那就是关键,但即使当地又过了几千年,还是毫无进展。

"告诉你,我是怎么想的。"亚伯说,"它们尚未形成适宜的家庭观念,需要道德规范,伴侣间要能心甘情愿地为对方做出牺牲,对后代、对社区要有责任心。"

"那你认为该如何引进这些观念呢,亚伯?"我早该想到他接下来会说什么。

"我们已经有了相当不错的范例,"他说,"就将十诫交予它们吧。"

我不知道之前有否提及，他这个人有点儿离经叛道。不对，这么说不全对。更准确的说法是，作为一位世界级的物理学家，他的兴趣范围广泛得不同寻常。长期以来，实验室周围都不缺女人，不过她们对我们的工作内容一无所知。就我所知是这样。他热衷于派对，喜欢参加当地的桥牌比赛。女人们都爱他，我也不知道原因，他长得也说不上英俊。但我早上泊车的时候，总能看到他偷偷带着谁溜出去。

他待人友善，为人随和，我的天，还是个体育迷。你认识哪个物理学家关注波士顿红袜队吗？他会坐那儿边喝啤酒，边用卫星锅盖看比赛。

所以提到十诫时，我以为他在开玩笑。

"一点儿也没。"他说，思考片刻又补充道，"而且我认为可以让那些戒律几乎保持原样。"

"亚伯，"我说，"我们在说什么呢？你不会是想把自己塑造成上帝吧？"这话是半开玩笑问的，因为我以为他可能有什么计划。他的视线越过我，望向不可名状的远方。

"在这个发展阶段，"他说，"需要有能够把它们凝聚在一起的东西。上帝会起到不错的效果。没错，我认为我们就该那么做。"他对我微微一笑，"绝妙的点子，杰瑞。"他拿出一本钦定版《圣经》，翻动页面，嘴里小声地嘀咕着什么，然后带着古怪的表情抬起了头，"或许，我们应该将那些戒律修改得与时俱进一些。"

"怎么改呢?"

"汝不应蓄奴。"

这一点我从未想过。"事实上,这条还不赖。"我说道。

"汝不应不尊重环境及其中的生物和限制。"

"很好。"我突然感到亚伯开了个振奋人心的头,"或许再来个'**汝不应暴饮暴食。**'"

他蹙眉摇着头。"或许,最后这一条对原始物种来说太过了。"他说道,然后噘着嘴又看了眼这本皮革包边的《圣经》。"我不觉得原版有什么要舍弃的。那就让我们止步于十二条吧。"

"好的。"

"十二诫。"

"好的,"我说道,"但试无妨。"

"为了马克,"他说道,"我们这么做是为了马克。"

我们对选中的那些世界标了序号。他有一个序号系统,可以描述地点、年份和显著特点。但你不会在意这些的。不过,他铁了心地认定,我们选出做实验的这个世界应该拥有名字。他决定叫它"乌托邦"。行吧,我心想,尚未实现呢。那里有连绵的山脉、广阔的海洋,以及繁茂的森林。但它同样拥有数目众多的野蛮人。聪明的野蛮人,但依旧是野蛮人。

我们已经取得其中一门语言的样本。当晚他给我看了样本，并播放了录音。那是一种悦耳动听的语言，节奏感强，元音非常多，还有……你们是怎么叫的，对，复合元音。这让我想起夏威夷的赞歌。但他需要一名语言天才对它进行解析。

他给一些人打了电话，告诉他们自己正在进行一项实验，想要弄清楚破解并翻译一门未知语言需要多少语料，并且暗示该项目与搜寻地外文明计划有关。电话那头的所有人都对这个项目的价值持怀疑态度，他装出略显尴尬的模样，但又悬赏大量现金和奖励，只为找出正确的解决办法。所以，每个人在纵声大笑之后都入了伙。

优胜者是蒙特利尔大学的一位女士，克丽丝·爱德华。克丽丝在五天之内给出了解决方案。我本以为根本不可能破解。一天之后，她为他将十二诫翻译成新的语言。我们接收到了她的传送信息，并在十分钟后驾车奔赴邻镇的卡斯韦尔纪念碑，将结果蚀刻到两块石碑上，每块刻了六诫。它们看起来很棒。不得不承认，石碑显得高贵、权威，至高无上。

我们无法在物理意义上将石碑，也就是十二诫，真的传送到乌托邦。但我们可以根据它们的形象与材料，使用当地可获得的岩石进行复制。亚伯本意是将它们立在山顶，然后使用人造闪电，吸引某个萨满上山发现它们。这些都必须编入系统中，因为，正如我说的，它们的时间流速实在太快，没人跟得上。我本人，对此次行动能否成功也是将信将疑的。但亚伯信心十足，认为我们至少步入了正轨。

在我们带着石碑回来的路上，轮胎瘪了，备用胎也瘪了。或许我们早该将其视作预兆。但不管怎样，我们后来被其他车捎带上，终于更换了轮胎，享用了晚餐后，时间已经相当晚了。亚伯努力表现得心态放松，但他急于想要行动。"不，杰瑞，"他说道，"我们不能等到明早了，现在就开始吧。"于是，我们把石碑放入扫描仪，然后将信息发了出去。那是十二号晚上9点46分。柱面仪闪烁着琥珀色的光，随后变为绿色，示意发送成功。这办法奏效了，信息包已经抵达目的地。片刻之后，我们收到更多闪光信号，确认暴风雨已经降临，即将把萨满吸引到山上。

几分钟后，我们察看了结果。类比我们的历史，这时对他们来说本应是建造金字塔、征服地中海、击退蛮族入侵、度过黑暗时代、进入文艺复兴的时候。如果方法奏效，我们可以期待见到灯火通明的城市与船只，甚至是波音747。然而，我们见到的，不过是同样死寂的零星定居点。

我们决心在早晨再试一次。也许当地的摩西错过了石碑，或许是因为身体欠佳。又或许，这整个计划其实是痴人说梦。

就在这晚，地震来袭。

那片区域的土地十分稳固。这是克雷斯特维尤有历史记录以来发生的第一场地震。而且，它没有袭击其他任何地方，不仅山脚下国道边的查理与吉尔酒吧没有遭殃，连距离不到半英里、位于镇外北部的亚当斯牧场都毫发无损。但地震彻底摧毁了实验室。

怎么回事？地震摧毁了微宇宙吗？没有，微宇宙与科罗拉多州保持着安全的隔绝状态。没什么能触及它，除非通过柱面仪。它仍然存在于世界的某个角落。自生自灭。

但这整件事儿把我吓坏了。我是说，马克已经死了。而两天后，西尔维娅以大约六十公里的时速撞向了一棵树。

没关系，你尽管笑吧。但那之后我就睡不好了。怎么回事？上帝为什么要刁难我们？我不知道。也许祂不喜欢有人创造微小的宇宙。也许祂讨厌我们拿十诫瞎胡闹。

你认为祂为什么没对摩西说过不应蓄奴？什么，你从未细想过？我怀疑，或许一开始，需要有奴隶才能建立文明。或许，你不能对代议民主制妄下结论。或许，我们把事情搞砸了，迫使众生惨遭千万年之久的不必要的野蛮行径。我不知道。

但这就是我的故事。或许一切就是巧合。地震，坠机，西尔维娅的事故。我想，怪事时常会发生。不过这次真的很可怕，你知道我的意思吧？

是啊，你认为我在夸大其词。我知道，你所信仰的上帝不会给人们设陷阱，然后戕杀。但或许你所信仰的上帝根本不在那儿。或许，真正管事儿的上帝就是另一个现实里泡在实验室里的家伙，一个还没亚伯好相处的人，一个装备更佳的伙计。

这谁知道呢？

顺便一提，这苏格兰威士忌不错，谢啦。菲尔，听我说，外面的暴风雨还在肆虐。我不想勉强你，不过我在想，可否在这儿过夜？

| 1992雨果奖最佳短篇小说 |

A WALK IN THE SUN

by

Geoffrey A. Landis

▽

追赶太阳

［美］杰弗里·A.兰蒂斯　著 / 石 坚　译

杰弗里·A.兰蒂斯，美国著名科幻作家，雨果奖和星云奖两项世界级科幻小说大奖得主。兰蒂斯拥有科幻小说作家和科学家的双重身份，同时也是美国国家航空航天局（NASA）太空环境研究专家，1997年"火星探路者计划"的参与人之一，以及2003年"火星探测漫游者计划"入选成员。

驾驶员们有句老话："只要还能活着出来，着陆就算成功。[1]"

假如三纪夫还活着，或许他会做得更好一些，但翠茜已经尽全力了。不论从哪方面来说，这都是一次比她预期的要好得多的迫降。

铅笔粗细的钛质支架从来就不是为承受着陆时的压力而设计的，像纸一样薄的耐压壳先是扭曲，接着就裂开了，碎片飞入真空，散布在一平方英里的月面上。在坠毁前的那一瞬间，她记着甩掉了油箱，没有发生爆炸，但迫降最终没能让"月影号"保持完整的形状。在一片恐怖的沉寂里，脆弱的飞船像一只没用的铝罐，被撕碎压扁了。

驾驶舱撕开了一条口子，从飞船的主体上掉下来，这部分残骸落在一座环形山的山壁旁。当它终于停下来时，翠茜松开了安全带，身体慢慢地向天花板飘过去。她忍着极不习惯的重力，找到了一个没损坏的舱外活动装置，并把它连接到太空服上，然后，从曾是生活舱联接口的破洞里爬进了阳光下。

她站在灰色的月面上瞪大了眼睛，前面是她的影子，活像一摊被神奇地拉成了人形的墨水，地面崎岖不平，寸草不生，只有形状各异的灰色和黑色。

---

1. 出自1944年一张空难照片的摄影师之笔，后被收入《美国飞行手册》，这句话被《星球大战》等各类影视作品广泛引用。

"真是个不毛之地。"她自言自语道。在她身后,太阳刚刚爬过山顶,照耀着散布在崎岖平原上的钛和钢的碎片。

帕特里茜娅·杰·莫里根望着荒芜的月面,忍不住红了眼眶。

翠茜[1]做的第一件事,就是把电台从七零八落的船员舱里捡出来。她试了试,什么也收不到,这一点也不奇怪——地球正处在月平线以下,同时也没有其他飞船在环月轨道上。

她没费多大劲儿就找到了三纪夫和特丽莎。在低重力条件下,他们的尸体搬运起来容易得出奇。没有安葬他们的必要。翠茜把尸体安放在两块巨石之间,面向西,向着太阳,向着在远处黑色山脉背后的地球。她试着想说几句合适的悼词,可是失败了,也许是因为她不知道该给三纪夫举行什么样的葬礼仪式。

"永别了,三纪夫!永别了,特丽莎!我希望结果不是现在这样,对不起。"她的声音几近耳语,"随主同去吧!"

她尽量不去想还有多久自己就会加入他们的行列,而是去想她的姐姐会做什么——生存,凯伦会生存下去的。

翠茜首先检视了一下自己和装备:她还活着,基本上没有受伤;她的太空服工作良好,生命保障装置由太空服上的太阳

---

1. 翠茜是帕特里茜娅的昵称。

72

能电池组供电，只要太阳还在照耀，她就不会缺水和空气。在残骸里翻了一阵后，她发现了不少未破损的食品包。她不至于挨饿了。

第二是求救。目前，最近的救援只能来自月平线以外二十五万英里处，她需要一根高灵敏度的天线和一座能看到地球的山峰。

在"月影号"的主电脑里，曾储存着最详细的月面图，可现在不存在了。飞船里也有其他月面图，但也早已和飞船一起成了碎片。她对付着找到了一张云海[1]详图和一张勉强可以用来参考的简易月面全图，其实也只能用这张图做参考。按照她所能做的最精确的估计，坠毁地点正好在史密斯海[2]的东部边缘，远处应该是代表海陆分界的山脉。如果运气好的话，应该可以在那上面看到地球。

她检查了一遍自己的太空服，随着指令发出，太阳能电池组全部打开了，活像一对巨大的蜻蜓翅膀。当它们转动着迎向太阳时，闪烁出瑰丽的色彩。她确定太空服的工作系统正常后，就出发了。

等走近了才发现，这条山脉并没有在坠毁点看起来那么陡峭。在低重力作用下，虽说直径两米的碟状天线弄得她踉踉跄

---

1. 月球上的月海之一，位于月球正面的云海盆地。云海是一块古老、布满凝固岩浆或熔岩、表面微微起伏的低地。

2. 位于月球近月面赤道最东侧边缘处的一座月海。

跄的，但爬山与走路并没有多大区别。到达山顶后，一缕细细的蔚蓝色露出在月平线上，像是对翠茜的奖赏，而远在山谷另一边的山脉仍然沉浸在一片黑暗之中。她推了推扛在肩上的电台，开始穿越下一个山谷。

在下一座山峰上，地球像一块蓝白色的大理石，被黑色的山脉遮住了一半。她支起三脚架和天线，小心地调节着输出信号："呼叫！这里是宇航员莫里根从'月影号'呼叫！紧急情况！重复，这里有紧急情况！有人收到吗？"

她松开了送话钮上的拇指，等待着回答。然而除了来自太阳那轻柔得犹如耳语的静电干扰，什么也听不到。

"这里是宇航员莫里根从'月影号'呼叫！有人听到吗？"她又等了一会儿，"'月影号'呼叫！'月影号'呼叫！这里有紧急情况。"

"'月影号'，这里是日内瓦控制中心。我们收到了你的呼叫，你的信号很弱，但较为清晰，请你在上面坚持住。"她顿时松了一口气。她甚至不知道自己已屏住呼吸这么久。

在转动了五分钟之后，地球把地面天线带出了接收范围。在日内瓦控制中心获悉"月影号"尚有一位幸存者奇迹般清醒过来的同时，翠茜也明白了问题的症结所在。她的着陆地点十分接近黄昏线——正好在月球向阳面的边界上。月球尽管转动很缓慢，却是不会停歇的。日落将在三个地球日内来临，然而，在月球上没有掩蔽所，没有地方可供她度过十四个地球日的漫长"月夜"。太阳能电池需要阳光才能持续为她提供必需的新鲜空气。她找遍了飞船的残骸，没有一个完好的储存罐，也没有电池，更没有可以储存大量氧气的容器。

而且，控制中心也绝对不可能在黄昏来临前发射救援组上天。

有太多的不可能。

她静静地坐在地上，盯着崎岖荒原尽头那一弯纤细的蓝色"新月"，陷入了沉思。

几分钟后，位于金石站[1]的地面天线进入了接收范围。电台噼噼啪啪地响了起来："'月影号'，你收到了吗？'月影号'，你收到了吗？"

"'月影号'收到。"

她松开了送话钮，默默地等待着她的话被传送到地球。

"收到，'月影号'。我们已确定最早的救援发射时间将在三十天之后，你能坚持那么久吗？"

她把心一横，摁下了送话钮："'月影号'宇航员莫里根呼叫。我会在这里等你们，不管发生什么事。"

她等了一会儿，但并没有得到回答。金石站的天线不可能这么快就离开接收范围，她开始检查电台。当她打开外壳时，发现电源上的印刷电路在坠毁时有一点撞到，不过她没有发现

---

1. 位于美国加利福尼亚的金石地面综合测控站。

任何松动的铅板或其他部件。她用拳头捶了几下——"凯伦电子学第一定律"：假如电器不工作，敲它——然后再校准天线。可是没有用，很明显，在印刷电路板里有什么东西损坏了。

如果是凯伦会如何反应？肯定不会是坐以待毙。赶快行动吧，小家伙，当黄昏追上你时，你就死定了。

地面肯定收到了她的答复，她必须相信他们收到了答复，并且会来救她。她所要做的，就是活到那时候。

碟状天线太笨重，她无法随身携带，只能带上基本的必需品。太阳一旦落下来，她的空气就会耗尽，于是她丢下了电台，开始步行。

行动指挥官斯坦利盯着他的引擎X光采样报告发呆。现在是早上四点，没时间再睡了，他计划六点飞往华盛顿向国会报告。

"您决定吗，指挥官？"机械师说道，"我们对飞行引擎进行了X光照射检查，没有找到任何裂纹，但它可能是隐性的。标准飞行姿态不会让引擎发热超过一百二十度，所以即使翼片上有裂纹，也能保持稳定。"

"如果我们把引擎拆下来做检查，会耽搁多久？"

"假设一切正常，我们会耽搁一天，不然的话，两天甚至三天。"

指挥官斯坦利恼火地捻着手指，他讨厌被迫做出草率的决定，"通常的程序是什么？"

"通常我们会重新检查。"

"开始吧。"

他签了字。又耽搁了。在天上，有人正指望着他准时到达。假如她还活着，假如无线电信号的中断不意味着其他系统的致命损坏，假如她能找到不需要空气也能存活的方法。

在地球上的话，这相当于一场马拉松。可在月球上，这只不过算是小跑罢了。在走了十英里之后，跋涉带上了一种轻松的节奏：一半是散步，另一半既像是慢跑，又像是一只行动缓慢的袋鼠在蹦跳。她最大的苦恼是这一切未免太单调了。

在与她同时受训的伙伴中，她因成绩最好而在班里第一个被选上参加实际行动，这让大家多少有些嫉妒，他们曾无情地嘲笑说，她参加的只是一个离月面仅有几公里却不着陆的行动。现在，她有机会比历史上的任何人都更贴近地观察月球了。她不知道她的同学现在会怎么想，她将有故事可说了——如果她能活着的话。

低电压警报的鸣叫让她从遐想里惊醒了过来。她开始按照维护清单检查各项指标。出舱活动时间：八点三十分。系统功能：正常。只有太阳能电池组提供的电流低于正常值。只一会儿她就找出了毛病出在哪儿：太阳能电池组上有一层薄薄的积尘。不是什么大问题，把积尘刷掉就行了。不过，要是找不到一种可以防止扬尘的办法，她就得每几小时停下来做一次大扫除。她第二次检查了一遍电池组后，又继续迈开了步子。

太阳在她背后，一弯梦幻般的蓝色地球缓缓旋转着，不易察觉地在月平线上爬行。她开始胡思乱想了——"月影行动"曾被认为是一场轻松的行动，一次低轨道月面测绘飞行，以便确定将来建立月球站的地点。"月影号"从来就没想要迫降，不管是在月球，还是在别的什么地方。

但她当时无论如何都得迫降，她非那么干不可。

向西穿过荒原时，翠茜又陷入了混杂着鲜血和坠落的噩梦：三纪夫在她身边奄奄一息，特丽莎已经死在了实验舱里，月球猛地变得无比巨大，在舷窗外以一个疯狂的角度旋转着。制止住旋转，依靠太阳校准着陆点。太阳照明可以让你比较容易看清地面的崎岖程度。燃料要省着用，但要记住在撞地前那一刻扔掉油箱，以免爆炸。

那一切都过去了。现在应该集中注意力，在现实问题上迈开步子，一、二、一。

低电压警报又响了，这么快就又有尘土了吗？

她低头看了看里程表，吃惊地发现自己已经走了整整一百五十公里。

无论如何都该休息一会儿了。她在一块大石头上坐下来，从背包里取出一个食品包，然后把闹钟定在了十五分钟之后。食品包的气密封口是专为她面罩下部的接口而设计的，重要的是不能让沙子进入封口。在把食品包打开以前，她把真空的封口检查了两遍，才把食物条塞进太空服。她转过头咬下了几口，食物条硬邦邦的，带着一丝甜味。

她眺望着西方的原野，月平线看上去平坦得不像是真的，在几乎伸手可及之处形成了一幅如画的美景。在月球上应该很容易保持每小时十五至二十英里的步行速度，把睡觉时间也算上的话，也许平均每小时十英里。她可以走得很远很远。

凯伦会喜欢这里的，她总是喜欢在不毛之地远足。

"在某种意义上来说，这儿可够漂亮的，对吗，姐姐？"翠茜喃喃道，"谁会想到，这儿有这么多种奇形怪状的阴影呢？没人的海滨浴场很多，糟糕的是要走很长的路才能到水边。"

该走了。她继续穿越那坑坑洼洼但基本上还算平坦的原野。月球是个出奇平坦的地方，只有百分之一的月面是大于十度的。那些小环形山，她轻轻一跳就过去了。少数比较大的，她就从旁边绕过去。在低重力作用下，这对步行并没有造成任何真正的问题。她并未感到疲劳，但当检查读数时发现已经走了二十个小时，于是她强迫自己停了下来。

睡觉是个问题。为了便于维修，太阳能电池组被设计成可拆卸式的，可是拆下来以后，它们就不能向维生系统供电了。她终于找到一个方法，把短短的电线从衣服里拉出一个足够的长度，让自己既能躺下，又能把电池放在身边而不至于把电源切断。她还必须保持不翻身。做完了这些，她发现自己睡不着。过了好久她才迷糊了一阵子，梦里没有她以为可能会梦见的"月影号"，只有她的姐姐凯伦。在梦里，姐姐并没有死，只是在装死跟她开玩笑而已。

她醒来时肌肉酸痛，分不清东南西北，然后她忽然记起了身在何处——地球正挂在离月平线一掌高的地方。她站了起来，一边打着哈欠，一边向西面火药状的灰色沙原跑去。

她的双脚被靴子磨得很疼。她改变了步法，从小跑换成跳跃再转成袋鼠式弹跳。这下好多了，但还不够。她能感到双脚开始起泡，却没法脱下靴子来放松或仅仅只是看上一眼。凯伦也用起泡的脚走过这么长时间，而且没有抱怨或减速。也许她应该在开始步行前就把靴子脱了，在六分之一的重力作用下，疼痛至少是可以忍受的。

又过了一会儿，她的双脚干脆失去了知觉。

她又把路线定得更偏北一些，以便走在地图标出的平坦地段里。她环顾四周希望找到凯伦，却吃惊地发现地球像半个满月般，低低地挂在月平线上。当然，哪儿都没有看到凯伦。凯伦几年前就死了，只有翠茜一个人待在一件又臭又痒、几乎要把她大腿上的皮磨掉一层的太空服里。她真该把衣服撕了，可谁又料到她会穿着这件衣服走这么长的路呢？

真不公平，她必须穿着太空服，而凯伦却不需要。凯伦可以办很多翠茜办不到的事，可她为什么能不穿太空服？人人都得穿太空服！这是规矩！她转身问凯伦。凯伦苦笑："你这不懂事的小妹，我不必穿太空服是因为我死了，像只小虫似的被压死然后被安葬了。还记得吗？"

哦，是的，那就对了。那么好吧，如果凯伦死了，那她就不用穿太空服了。这个完美的理由使她们一起在沉默里又走了几公里，直到翠茜忽然想起："喂，等一下，假如你死了，那你怎么又会在这儿？"

"因为我并不真的在这儿，小傻瓜。我只是你过剩想象力的产物罢了。"

翠茜吃了一惊，扭头看去，凯伦不在身边。凯伦从来就没在身边。

"对不起，求求你回来好吗？"

她绊了一下，头朝下摔了一跤，带着一阵尘土直直滑进了一座环形山的"碗"里。当滑下去时，她拼命挣扎着保持脸朝下的姿势，以保证自己不会因为翻身而压到背上易碎的太阳能电池板。当她终于停止滑动时，耳中一时什么都听不到。一道长长的划痕像条伤疤似的出现在她头盔的玻璃上，幸亏双倍强化的面罩还没被摔碎，不然她就看不到这条划痕了。

太空服总体上没有破损，只不过支撑着太阳能电池组左翼的钛质支架向后折得快要断了。除此之外，真是奇迹，再没有其他破损。她把电池组拔下来，仔细检查了一下支架的损坏情况，然后把支架尽量弯回原状，再用一根螺杆和两根短电线把接口夹住。螺杆曾是多余的重量，幸好她从没想过要丢掉。她小心地试了试接口，接口不能受力太大，但只要她不跳得太厉害，就应该没问题。无论如何，现在该歇一会儿了。

她醒来时估计了一下目前的局面。在她稍不留意间，地形已渐渐成了山区，今后的步行会比以前慢一些。

"也该是你醒的时候了，瞌睡虫。"凯伦说道。她打了个哈欠，伸了伸懒腰，回头向她的足迹看去。在长长足迹的尽头，地球像一个蓝色小圆点，挂在月平线上方，感觉并不是很远。它是单调的灰色背景中唯一的有色斑点。

"十二天里绕了月球半圈。"她说道，"不错呀，小家伙。当然这不能算太好，但也还不坏。你是在练马拉松吗？"

翠茜站起来开始步行。在从回收器抿水漱去口中怪味儿的同时，她的双脚自动踏入了惯常的步伐。她头也不回地招呼凯伦："快走吧，我们得赶路。你到底走不走？"

阳光明媚，月球地面像是洗过似的，几乎没有阴影。翠茜发现很难找到落脚点，她老是绊在貌似平坦的隐形岩石上。一步一步地走，一、二、一。

跋涉开始时的刺激感早就减退了，她只留下了对胜利的坚定决心，而这决心有时也会蜕变为一种精神安慰。翠茜和凯伦拉起了家常，她告诉姐姐自己的私生活，暗地里希望凯伦会高兴，会说她为妹妹感到骄傲。但她发现凯伦并没有听，而且有时会趁她不注意就开溜了。

她在一道长长的、弯弯曲曲的峡谷边站住了。这里看上去就像一条等待着暴风雨来填满的河床，但翠茜清楚它从来就不知水为何物。填满谷底的只有尘土，干得像磨碎的骨头渣儿。她找着路慢慢下到谷底，小心翼翼地避免因摔倒而破坏自己脆弱的生命保障系统。她抬头看看谷顶，凯伦正站在上面向她招手："快一点！别磨蹭，你这个迟钝的家伙。你想永远留在这儿吗？"

"着什么急？我们已经比计划提前了。太阳高高地挂在天上，我们已经绕了月球半圈。没问题，我们会走完全程的。"

凯伦像滑雪一样从山上滑下来，周围伴着一团粉尘。她把脸紧贴在翠茜的头盔上，用一种充满愤怒的眼神瞪着她，差点把她吓坏了。

"真叫人着急，我的懒妹子，你的确绕完了半个月球，但你只是走完了好走的部分。从这里开始将全是山脉和崎岖地段，你要穿着一件破太空服再走六千公里。一旦你慢下来让太阳走到了前面，再闹个什么孩子气的小问题，只要一个，你就死定了，死定了，死定了！就像我这样。相信我，你不会喜欢这样的。现在打起精神，走！"

的确是走得慢了，她不能再像之前一样从坡上直跳下来了，否则，损坏的太阳能翼板支架就会失灵，她就得停下来花半天时间修理。前面也不再有平原——不是巨石遍地，就是环形山的绝壁。在第十八天，她来到了一个巨大的天然拱门前，拱门高耸过她的头顶。翠茜敬畏地望着它，奇怪月球怎么会形成这种结构。

"不是风化形成的，这点可以肯定。"凯伦说道，"我想是熔岩。熔岩把山梁熔出了一个洞，然后亿万年微陨石的轰击修饰了粗糙的边缘。不过话说回来，这东西很漂亮，对吧？"

"何止漂亮，壮观极了。"

拱门过去不远，她就进入了一片针状的水晶森林。起初那些水晶很小，像玻璃似的碎裂在她脚下，但不久它们就高耸过头顶，六个面的尖柱顶闪烁着奇幻的色彩。她无声地行走其间，蓝宝石般的闪光把她弄得头晕目眩。等水晶森林终于渐渐消失，取而代之的却是折射着太阳光的七彩透明巨石。这是绿宝石，还是钻石？

"我不知道，小家伙。但它们挡在我们面前，我会很高兴把它们甩在后头。"

再走一段，闪光的巨石阵也渐渐消失了，只在两边山坡上还剩下几处稀疏的彩光。最后，终于只是坑坑洼洼的嶙峋岩石了。

到了代达罗斯环形山，月球背面的中点，但没有时间来庆祝了。太阳早就结束了它懒洋洋的上升，并逐渐地向她们前方的月平线直落下去。

"小家伙，这是与太阳的赛跑，而太阳从不停下来休息。你落在后头了。"

"我累了，难道你看不出我累了吗？我想我是病了，我浑身是伤。别管我，让我休息一下，只要几分钟，好吗？"

"你死了就可以休息了。"凯伦尖着嗓门笑了起来，翠茜突然意识到她正处在发疯的边缘。

她猛然收住笑声，"快走，小家伙，快走!"

异常单调的灰色月面在她脚下逝去。

但美好的愿望和拼命地赶路并不能抵消太阳正在下降的事实。每天她醒来时，前方的太阳都会更低一些，也会更直接地把阳光射进她的眼睛。在前面，在太阳刺眼的光晕里，她可以看见一片绿洲，一座在不毛沙漠中有着青草和绿树的小岛。她甚至能听见阵阵蛙鸣，呱……呱……呱!

不，那不是什么绿洲，那是功能失常的警报声。她站定，感到天旋地转。太热了，太空服的空调发生了故障，她花了整整半天才找到堵塞的制冷液阀门，然后又是三小时泡在汗水里才找到一个既能疏通阀门，又不把珍贵的液体排入真空的方法。

太阳现在直接照在她脸上了。岩石的阴影犹如饥饿魔鬼的爪子向她伸来，即使是最细小的，看上去也恶狠狠的。凯伦又走在了她身边，不过这次她阴沉着脸，一声不吭。

"你为什么不和我说话？我干了什么了？我做错事了吗？告诉我!"

"我不在这儿，小妹子，我死了。我想也该是你正视这一切的时候了。"

"别说那个，你不可能死了。"

"在你心里一直有一幅我的理想形象，让我走，让我走吧。"

"我办不到。别走，嗨，你还记得我们攒了一年的零用钱想去买马的事吗？我们发现了一只迷路的猫正生着病，于是带上满满一鞋盒的零用钱去找兽医给它看病。结果他医好了小猫，却一点也不肯收我们的钱。"

"对，我记得的。可我们始终也没有攒到足够的钱买一匹马。"凯伦挥了挥手，"你以为和一个拖着鼻涕整天跟着我屁股转，想重复每一件我干过的事的妹妹一起长大很轻松吗？"

"我可没拖鼻涕。"

"你拖了。"

"不，我没有，我崇拜你。"

"是吗？"

"你是我的偶像。"

"我知道。告诉你，小家伙，这一点并没让我好过多少。你以为当一个偶像很简单吗？什么时候都得一本正经的。老天呀，整个中学阶段，每当我想过过烟瘾，都只能一个人躲起来偷偷地抽，不然我的混账小妹妹就会来个翻版。"

"你不是这样的，你从来就不是这样的。"

"别天真了，小不点。我当然是这样的。你总是在我背后紧盯着，不论我干了什么，我都知道你一定会照做一遍。我得拼命挣扎才能保持领先，而你，该死的，毫不费力地就跟上了。你比我聪明得多，你知不知道？你知不知道我会怎么想？"

"好吧，那我就好受？你以为对我来说事情就容易吗？从小有一个死了的姐姐，我每做一件事，人家就说'你不像凯伦可太糟了'，或者'凯伦会这么做'，再不就是'如果凯伦还活着……'，你说这会让我怎么想？你倒一了百了了，可我得按一个要命的天使的标准来生活。"

"短痛不如长痛，小家伙，总比死了的好。"

"去你的，凯伦，我爱你。你为什么非走不可？"

"我知道，小家伙，我也没办法，我很抱歉。我也爱你，可我非走不可，你能让我走吗？你能不能从现在起只当你自己而不当我呢？"

"我会……我会试试的。"

"再见了，妹妹。"

"再见，凯伦。"

她一个人站在阴影遍地、空旷崎岖的荒原上，在她前方，太阳已经快贴上山梁了。她踢起的尘土古里古怪的，它们非但没落向地面，反而飘浮在离地半米高的地方。她被这现象迷惑住了。接着又看到周围的尘土正静静地飘离地面，一开始她以为这又是幻觉，但不久她就明白，那只是一种静电现象而已。她穿过正在升起的月尘之雾向前走去。残阳如血，天空转成一片深紫。

黑暗似魔鬼向她扑来，在她身后只有几处山尖还被照亮着，山脚早就消失在阴影里，前方的地面也已被她必须绕开的阴影所覆盖。她打开无线电定位器，但只收到静电干扰。假如坠毁地点在视野之内，那么定位器就会收到来自"月影号"的定位信号。她肯定已离那里不远，但周围没有一丁点看起来熟悉的地貌。前方是她曾爬上去向地球发报的山岗吗？她无法断定。她爬了上去，但没有看到蓝色的大理石，也许是下一座？

黑暗已没到她的膝盖，她摸索着不断越过隐身在黑暗中的岩石，脚步踢在石头上的火星在她身后明灭不定。"摩擦发光！"她心想——以前没人亲眼见过这个现象。她现在不能死，不能功败垂成。可是黑暗却不肯等，它犹如汪洋大海一般向她包围过来，岩石从潮水里探出头，伸进残阳里。当黑暗的潮水涨到她的太阳能电池组时，低电压警报尖叫了起来。坠毁点肯定在附近。它必定在这里！或许无线电定位器信标坏了？她爬上一道山脊，进入阳光里，环视四周，拼命寻求着线索。难道救援组现在还没派出吗？

只有山顶还在阳光里。她穿过黑暗，走向能看得见的最近最高的山。她跌跌撞撞地爬行在漆黑的海洋里，最后像游泳者渴求空气似的把自己拉进了阳光里。她蜷缩在自己的岩石孤岛上，绝望地看着黑暗的潮水慢慢升起包围住她。他们在哪里？他们在哪里？

地球上，救援行动正在以一种急速的节奏进行。每件事都已一而再、再而三地检查过了——在太空里，小小的漏洞就会招致突然的死亡通知——然而救援行动还是被一些小问题和小意外拖住了。这些小小的拖延对正常的行动来说司空见惯，但对紧张的行动截止时间却深具威胁。

时刻表几乎是不可思议的紧张，毕竟原定发射时间是四个月后，而不是四个星期后。原计划去度假的技术人员现在都在自愿加班，一些原本要几个星期才能运到的零件，连夜就运到了。"月影号"的替代品——原名"探索者号"，现临时改名为"拯救者号"——的最后总装加快了。其补给品运载器比计划提前几个月发射上了太空站，那是在"月影号"坠毁后不到两星期。航天飞机紧接着装载双倍的推进剂，补给品运载器装上防热罩并进行了试验。当救援小组在模拟器上演习可能出现的情况时，登月舱的发动机已被检查并换掉了，登月舱也被紧急改装成可搭乘第三个成员。经过试验，它被发射上天与"拯救者号"会合了。在"月影号"坠毁后四个星期，航天飞机燃料箱已加满了燃料，准备就绪，救援小组接到了命令，飞行路线也计算好了。于是航天飞机载着救援小组冲破浓雾，飞向轨道与"拯救者号"会合。

在意外地收到来自月球的信号，并得知考察队还有一个幸存者的三十天后，"拯救者号"离开轨道，飞向月球。

在坠毁地点西面的山脊顶部，指挥官斯坦利再次利用探照灯扫了一遍"月影号"残骸，然后不可置信地摇了摇头。"真是惊人的驾驶技术。"他说道，"看上去她像是用TEI发动机刹车，然后用速度控制系统微调发动机进行操作。"

"真了不起，"汤娅·纳科拉低声说，"真可惜，这也没能救得了她。"

帕特里茜娅·莫里根的旅行记录被写在残骸周围的泥土上。救援队搜索过残骸后，找到了一行足迹伸向正西方，越过山脊，消失在月平线上。斯坦利放下望远镜，没有发现回来的足迹。

"看上去她是想在空气用尽前好好看一看月球。"他说着，在头盔里摇了摇头，"真不知道她走了多远。"

"有没有可能她还活着？"纳科拉问道，"她可是个机灵鬼。"

"还不至于机灵到能在真空里呼吸，别骗你自己了——这次救援行动从一开始就只是个政治玩具，我们根本就没有机会在这儿找到一个活人。"

"不过，我们还是得试试，对吧？"

斯坦利摇摇头，一边敲了敲自己的头盔，"等一等，我的无线电话机有反应。我听到一点反馈信号，听起来有点像是人的声音。"

"我也听到了，指挥官，但这并不说明什么问题。"

人的说话声微弱地传进了无线电话机："别关灯，千万，千万，别把你的灯关了……"

斯坦利转向纳科拉："你……"

"我也听到了，指挥官……可我不相信。"

斯坦利拿起探照灯向月平线来回扫去，"喂？'拯救者号'呼叫宇航员帕特里茜娅·莫里根。见鬼，你在哪儿？"

一度是纯白色的太空服，现在已被月尘染成了肮脏的灰色，只有在背上七扭八歪的太阳能电池组被仔细地擦得一尘不染，而在太空服里的人也差不多快散架了。

吃一顿饭又洗了个澡后，她恢复了元气，并开始解释："是山顶救了我，我爬上山顶待在阳光里。高度刚刚够我听见你们的无线电话。"

纳科拉点了点头："这我们能明白，可其余的时间——过去的一个月里——你真的绕了月球一圈？一万一千公里？"

翠茜点头道："我想就是这么回事。我估算，距离大概相当于从纽约到洛杉矶打个来回——有人曾徒步走完这段路并活下来了。每小时只需要略低于十英里的步行速度。月球背面比较难走，比正面崎岖多了，可有些地方却出奇地美丽。你不会相信我看到过什么。"

她摇了摇头，无声地笑了。"我也不相信某些我看到的东西。总而言之，我们只是给月面搔了搔痒，我还会回来的。指

挥官，我向你保证。"

"我相信你会的，"指挥官斯坦利说道，"我相信你会的。"

飞船飞离月球时，翠茜向月面投去最后的一瞥。一时间，她好像看见了一个孤单的身影站在月面上向自己挥手道别。她没有挥手回礼。

她又望了一眼，那里什么也没有，只有壮丽无比的荒原。

| 1993雨果奖最佳短篇小说 |

GRAVES
by

Joe Haldeman

▽

坟墓

〔美〕乔·霍尔德曼 著 / 彭健雅 译

乔·霍尔德曼，美国著名科幻作家，曾多次获得雨果奖和星云奖。他是科幻经典著作《千年战争》的作者，以及1990年世界科幻大会的主宾。我们很自豪地欢迎他来到《银河边缘》。这篇《坟墓》获得了1993年雨果奖最佳短篇小说奖。

我有持续的睡眠障碍，这让我的生活变得一塌糊涂，但我还是想留住它。天啊，我真的想留住它。这要追溯到二十年前的越南，追溯到那些坟墓。

在丛林中，尸体会迅速变得糟糕。在尸体僵硬之前，你还有几个小时的时间。因为僵硬的尸体很难处理，并且要费很大劲儿才能把它塞进袋子里。几小时之后，尸体原本或白或黄的皮肤开始变成绿色。接下来，虫子会出现在尸体中，通常是蚂蚁，然后它们开始变黑发臭。

之后尸体会膨胀破裂。

你会以为蚂蚁、蟑螂、甲虫和千足虫在此之后会迅速干掉它们，但事实并非如此。在尸体看起来和闻起来都最糟糕的时候，除了苍蝇会在上面产卵，其他虫子都会有点失去兴致，变得挑剔起来，甚至想去吃个外卖的比萨。

有趣的是，除非有什么大型动物把它撕碎，否则即使过了一周左右，尸体也不会仅仅剩下一具光秃秃的骨架，甚至那张脸还在上面，只不过没有了眼睛。我们时不时就会遇到一具这样的尸体。不对，应该说遇到得太频繁了，因为士兵们通常都是成群结队的，不会孤独地死去并且长时间不被发现。我们称这种尸体为干尸。当然，尸体内部和底部仍然是潮湿的，但还是有点像晒伤后的木乃伊。

你可以告诉别人，自己在坟墓登记处都做了些什么。坟墓登记处——这词儿听起来好像是军队里最差劲的工作，但其实不然。你只是整天站在那里打开尸体袋，弄清楚哪些部分可能属于哪个狗牌[1]，虽然这通常没那么重要。你需要用一根大针浮皮潦草地把尸体袋缝合起来，然后清点所有钱包和珠宝，或许可以偷走从口袋里搜出的毒品，然后把个人物品装箱，再密封棺材，做好记录。当箱子积累到一定量时，你就要把它们运送到机场。对你来说，第一周可能很糟糕，但是在做过一百多次之后，当你习惯了它们的气味和毛骨悚然的感觉之后，就会认为打开尸体袋总比自己钻进尸体袋要好得多。通常，他们会把坟墓登记处放在安全的地方。

因为我上过几年大学，读了医学预科，所以我得到了一些更有趣的工作。弗兰奇上尉是负责我们整支队伍的病理学家，每当他必须去野外现场检查一具尸体时，都会带上我，这种情况可能每月只会发生一次。每次去现场，我都得在枪套里带上点四五口径的手枪，虽然我从未开过枪，也没被枪击中过，除了那一次。

那真是一段地狱般的时光。好笑的是，你受到的那些伤害，会永远伴随着你。

通常我们在现场时，干的都是些法医需要处理的事情，比如，他们怀疑一名军官被他自己的手下用爆炸装置蓄意杀害了。我们会拍照并采访一些人，然后弗兰奇会把僵硬的尸体

---

1. 即军用识别牌，每一位美国士兵的胸前都会佩戴，用于士兵身份的识别。

带回去进行尸检，看看尸体里的子弹属于美国人还是越南人（无论是谁的子弹，这都不足以让他下结论。越南士兵偷走了我们的武器，我们的人也会使用从越南士兵手中拿到的 AK-47——它们比 M-16 更可靠，而且杀伤力更强。敌我双方一遍又一遍地证明了这一点）。一般情况下，弗兰奇会向上级部门提交尸检报告，仅此而已。

有一次，弗兰奇不得不在军事法庭上作证。那个被判无期徒刑的孩子是有罪的，但被他杀了的那个军官才是个真正的浑蛋。

不管怎样，那天下午五点左右，我们接到电话要去现场检查那具尸体。弗兰奇想把这项任务推迟到第二天，因为如果天黑了，我们就得在那里过夜。不过，电话那头的人是位少校，显然很为自己的军衔感到自豪，和他争论就是白费力气。我把一些罐头、啤酒和几只餐盒扔进我和弗兰奇的两个背包里，背包底部已经绑上了毯子和充气床垫。除此之外，我还带上了一盒点四五的弹药和几枚手榴弹。准备就绪后，我开了一辆吉普车过来，与此同时，弗兰奇把他的东西打包好，并确保卡特医生足够清醒，可以在尸体被送进来的时候点清数量（卡特医生应该是这里的负责人，但他并不太喜欢这项工作）。

我开车载着弗兰奇来到停机坪，那里有一架直升机在等着我们，直升机的螺旋桨扇叶空转着。那时候，我应该已经有点儿觉察到不对劲了。我们通常得不到这么高的优先级，况且现在是日落时分，让直升机在天快黑的时候飞去任何地方都不容易。直升机上的人甚至帮忙收好了我们的装备，然后直升机就立刻向上升起，飞走了。

我没怎么坐过直升机，这不是我的日常。崀嵩市在低矮的夕阳下泛着金红色的光，看起来几乎算得上迷人。不过，我不得不坐在两个火焰喷射器之间，这让我感觉不太安全。舱门机枪手抽着烟，虽然火焰喷射器坦克上印着"禁止吸烟"的字样。

我们又快又低地向西边的群山飞去。我原本希望能降落在山上的一个大型火力基地，我想，被几百个人包围着，自己晚上可以睡得更安稳，但我没有这么走运。当直升机开始减速时，螺旋桨的呼呼声越来越低沉，变成了嗡嗡嗡的声音。直升机下方到处都是茂密的丛林树冠。这时，一缕紫色的烟雾飘了上来，让我们看到丛林中有一处直升机大小的大坑。飞行员一英寸[1]一英寸地慢慢往下降落，把树枝划开。我非常了解火焰喷射器，如果它碰到一根大树枝，我们就会变成一锅炖肉了。

当我们着陆时，来了四个人，他们急匆匆地卸下了我们的装备、火焰喷射器和几箱弹药。

他们将两名伤员和一名乘客送上飞机，然后把直升机赶走了。是的，直升机的声音会暴露我们的位置。他们中的一个人

---

1. 1英寸等于2.54厘米。

98

让我们等在这里，他去找少校。

"我一点也不喜欢现在的情况。"弗兰奇说。

"我也不喜欢。"我说，"我们回家吧。"

"任何拥有一位少校和两个火焰喷射器的队伍都在计划着打一场真正的战争。"他把点四五手枪拿出来，看着它，好像以前从未见过一样，"你认为子弹是从枪的哪一头出来的？"

"该死。"我说，然后在背包里翻找啤酒。我给了弗兰奇一罐，他接过去放在了自己的侧边口袋里。

一挺机关枪从我们的右边开了火，我和弗兰奇连忙伏身面贴泥土。又有三枚手榴弹爆炸了，只听见有人喊着要他们停下来别闹了。另一个人则大吼一声回答道，他以为自己看到了什么东西。突然，机关枪再次启动，我们只能试着把身子伏得更低一些。

这时，一个三十多岁的家伙走了上来，看上去很生气。来者正是少校。

"你们两个都站起来！你们怎么了？"刚才的枪声是他在玩游戏。

弗兰奇站起身，掸掉身上的灰尘。我们穿着的可是方圆二十英里[1]内唯一干净的军服呢。"我是弗兰奇上尉，来自坟墓登记处。"

---

1. 1英里约等于1.069千米。

"哦。"他淡淡地说，看起来并没有对弗兰奇留下什么深刻的印象，"收好你的装备，跟我来。"他像丛林中的一艘巨轮一样漂流而去。弗兰奇翻了个白眼，于是我们提起背包跟在他身后。我不确定"收好你的装备"是指带上我们的东西，还是把它们留在那里，不过百威啤酒在这里可能会成为真正的收藏品，这里可是有很多收藏家。

我们走了很远，我的意思是走了几百米，这意味着尸体真的散得很开。我可不想在这里过夜。那该死的机关枪再次开火了，少校一脸恼火地喊道："中士，请你控制住你的手下好吗？"中士听见后，让机枪手停下了那该死的枪，机枪手却告诉中士那里有一个该死的越南人，然后又有人开枪了，仿佛一把大刀正向这边砍来，然后每个人都开始朝各个方向射击。弗兰奇和我趴在地上，我听到一颗子弹从我头顶破空掠过。少校则百无聊赖地靠在一棵树上，大喊着："停火，停火！"开火声像炸爆米花结束时一样慢慢减少了。少校看着我们说："来吧，趁着天还没黑。"他带领我们进入一块小空地，象草被很自然地踩平了。我猜每个人都轮番看了一遍这具尸体。

就尸体而言，这并不是一具真正令人毛骨悚然的尸体，但它看起来很奇怪，即便对于一具干尸来说也是如此——居然像是有人在上面撒了面粉一样的发霉了。这具尸体赤身裸体，可能是男性，尽管尸体上所有柔软的部分都不见了。尸体个头挺高的，像是越南山地的少数民族，不像普通越南人那么瘦弱。尸体干燥的皮肤在肋骨上绷得很紧。死者可能是位老者，尽管死了之后，尸体很快就会变老。这具尸体仰面躺着，嘴巴张大，这是一个熟悉的姿势。它那空洞的眼眶盯着天空，双臂松松垮垮地张开呈恳求的姿势，早已不再是具僵硬的尸体。

它的牙齿已经碎裂，并被锉成尖点，这可能是某种山地部落的习俗。我以前从未见过，但我们并没有"接待"过很多土著人。

弗兰奇跪在地上，伸手去触碰它，然后停了下来。"你们检查过尸体吗？里面有诡雷吗？"

"没有检查过，"少校说，"我以为那是你的工作。"弗兰奇看着我，脸上的表情仿佛在说：上。

当我在尸体下面摸索时，两名长官恭敬地后退了一段距离。有时敌人会拉开手榴弹上的销，并将它滑入尸体的下方，这样一来，尸体的重量就能将手榴弹的保险固定在适当的位置。当你把尸体翻过来的时候，迎接你的将是这个出乎意料的血色炸弹惊喜！

相较于手榴弹，我更担心那些喜欢生活在腐烂尸体下的各种奇怪的蛇和虫子。越南有不少蛇、蝎子和巨型蜈蚣。

这次我很幸运，除了蛆虫，什么也没有。我把它们从手上弹开，然后瞥见少校被恶心到的脸慢慢变成了绿色。人很有趣，他以为自己死后会发生什么？什么生物都是需要吃饭的。如果他不肯从现在开始低调行事，那等待他的一定是死神的召唤。我记得自己的这个想法，但当时的我并不认为那会成为一个预言。

他们走了过来："你怎么看，医生？"

"我认为我们无法治愈他。"弗兰奇对他们安放诡雷的这种做法很生气，"你还想知道什么？"

"在茫茫荒野中找到这样的尸体，是不是有点……奇怪？"

"并不。这个国家到处都是尸体。"他跪下来，仔细端详着这张脸，抓着下巴扭动着尸体的脑袋，"如果我们坚持下去，你就能从湄公河走到非军事区，每一步都踩在尸体上。"

"可是他被阉割了！"

"可能是鸟干的。"他用脚尖翻过尸体，忙碌的白色爬行动物从灯光中跑了出来。"只是一个老头子，光着身子走进树林，倒在地上死了。这在普通的世界里也是可能会发生的，老人会做一些有趣的事。"

"我以为他受到了折磨或其他什么。"

"天知道，这确实有可能发生。"尸体慢慢回到了原来的位置，同时发出了令人毛骨悚然的嘎吱声，就像皮革的摩擦声。它的嘴已经半闭上了。"如果你想在报告中加上他曾受过酷刑，我会签名的，反正这是你的死亡人数。"

"你这是什么意思，上尉？"

"就是我说的意思。"弗兰奇一直盯着少校，然后把一根香烟扔进嘴里点燃，那是无滤嘴的骆驼烟。你是不是以为一个整天与尸体打交道的人应该不会那么急于变成尸体？"我只是想跟你和睦相处。"

"你以为我想让你伪造——"

在当时的情况下，"伪造"作为他死前留下的最后一个词，的确很奇怪。

敌人在空地的另一边架起了重机枪，我们是最近的目标。我们在后来的检查中发现，那一轮子弹击中了少校的背部。当时，他的血液和内脏直接爆炸开来，他倒在地上，双腿抽搐，不停呕吐着，然后就迎来了响亮的死亡之声。弗兰奇蜷缩成一团倒在地上，握着自己的左手，不停地说着"该死的该死的该死的"。他失去了小指的最后一个关节，虽然很疼，但没有那么严重，事实证明，这种程度的负伤并不足以让他回到正常的世界中去。

我已经让身体与地面平行，并渴望自己能成为地下的一部分。我设法把手枪拿出来上了膛，但随即意识到，我并不能做任何可能引起敌军注意的事情。机关枪在我们的膝盖高度来回扫射，也许他们看不到我们，也许他们认为我们已经死了。我被吓得屁滚尿流。

"弗兰奇，"我低声说，"我们必须离开这里。"他正试着用急救包里的绷带包住他的手指，可绷带实在太大了。"回到树林里去。"

"我要是跟在你后面，浑蛋，我们连一半的路都走不到就会没命了。"他把手枪从枪套里掏出来，但无法上膛，他的左手夹着绷带，沾满了鲜血。我帮他上了膛，然后把枪还给了他。"这会很有用。你的手榴弹丢得怎么样？"

"一坨屎。你以为我是怎么分到坟墓登记处的？"在基础训练中，每当他们出去练习丢手榴弹时，都会让我去炊事班。出于同样的原因，在学校里，当他们为打棒球选边时，我总是那个留到最后没人选的。尽管据我所知，即使你不能把棒球扔得足够远，它也不会杀了你。

"我连一半的距离都丢不到。"我看到林木线大约在六十米开外。

"我也不行，用这只受伤的手肯定不行。"他是个左撇子。

在我们身后传来六十毫米迫击炮的砰砰声，几秒钟后，伴随着一股黑色的烟雾，我们和林木线之间再次传来了爆炸声。机关枪停了下来，我们身后有人喊道："再加二十！"

在林木线上，我们可以听到一些越南语的喊叫声和金属的叮当声。"他们会慌忙撤退的，"弗兰奇说，"我们快逃。"

起身逃跑时，有人朝我们开了几枪，可能是一把 AK-47，但他没打中，然后在离那个人很近的地方又传出了一连串的炮火声和爆炸声。

我们急忙跑回了着陆区并找到了指挥组，这时，炮火声再次响起。指挥组的负责人是一名中尉，当我们平静下来告诉他少校发生了什么事时，他既没有表示惊讶，也没有表示悲伤。中尉曾是营内的一名观察员，某个早上他们的长官被杀时，他就接任了指挥官。中尉相信了我们的话，认为少校已经死了——这说明我们是训练有素的观察员——等到战斗平息并且重新恢复平静，他才会派出一个小队去找他。

我们继承了少校的洞穴，那个洞又好又深，我们在少校的背包里发现了十几只罐头、几罐真正的食物和一瓶苏格兰威士忌。因此，当战斗一整晚都在持续的时候，我和弗兰奇也津津有味地嚼着饼干、酸奶油酱腌鲱鱼、波兰小香肠和正宗的法国芥末黑麦过了一整晚。我们喝光了所有的苏格兰威士忌，把啤酒留作早餐。

几个小时以来，中尉一直在要求炮兵和空中支援，但都无济于事。后来我们发现，敌人已经对当地所有的机场、特种部队营地，以及每一个关押战俘的营地发动了协同攻击。相比之下，我们这里的优先级要低得多。

大约凌晨三点的时候，史努比过来了。史努比是一架大型 C-130 货机，只携带弹药和加特林机枪；他们说它可以飞过一个足球场并在每平方英寸都打上一个洞。无论如何，它用炮火填满了周边，让敌人停止了射击。我和弗兰奇也可以去睡觉了。

天一亮，我们就出去帮助统计伤亡人数了。算上少校，只有四个人死了，但少校的死状却令人震惊，至少在当时的情景中是这样。

他看起来有点像教学尸检留下的尸体。他的衬衫被解开，裤子一直拉到大腿，整个胸腔和腹腔都被撕开了，从食道到睾丸，内部一切柔软的东西都被清空，肋骨像手指一般从松弛的皮肤中僵硬地伸出来，沾满了血。到处都没有内脏的迹象，只有大量干涸的血迹。

没有人听到任何声音。不到二十米的地方有一片机关枪阵地，他们整晚都在竖着耳朵听，但只听见了苍蝇嗡嗡嗡的声音。

也许是一只非常安静地进食的动物干的。尸体不是用手术刀或小刀切开的；皮肤是被牙齿或爪子撕裂的——但似乎是有组织性地从喉咙一直撕裂到睾丸。

那具干尸也不见了。只剩下尖尖的牙齿留在那里。

有一个合理的解释。现代战争在一定程度上是依靠头脑进行的，而我们并不是唯一一个会这样做的人，我们会丢下倒霉蛋，用魔法和迷信来迷惑敌人。越南人知道美国人有多神经质，他们会以聪明的方式肢解尸体，他们也可以非常安静地移动尸体。那具干尸？他们可能把干尸偷走了，只是为了搞疯我们，以此来展示他们能在我们的眼皮底下大展拳脚。

至于干尸那奇特的木乃伊样貌，可能是霉菌，或许还有别的解释。后来我发现，那个地区的山地人并不埋葬死者，他们习惯把尸体放进一个用挖空的原木制成的棺材里，然后把棺材留在地上。所以那具干尸或许只是一个盗墓贼的受害者。我原本以为最近的村庄大概在二十英里以外，但我也许搞错了。尸体可能是出于某种不为人知的目的而被搬到了那么远的地方——也许越南士兵把它放在了小路上，好让美国人停下来遭受伏击。

事情大概就是这样。但二十年来，每周有几个晚上，我都会满头大汗地醒来，脑海中浮现出一个可怕的画面。我拿着手电筒出去查看，然后它就在那里，那具干尸，从少校身体里挖出冒着热气的内脏，用锋利的牙齿撕开它们，那黑黢黢的空洞眼眶默然地盯着我的手电筒发出的光。我伸手去拿手枪，但它根本不在那里。那个生物站了起来，浑身是血，闪着诡异的光亮，向我迈了一步——然后我就会醒过来。这样的梦境困扰了我一两年，在这之后，它开始在梦里向我走了两步，然后是三步。二十年后，它已经走过了一半的距离，滴血的手从它的身体两侧抬起。

医生给我开了镇静剂。我一点也没吃。它们可能会让我一直待在睡梦之中，无法醒来。

ADVERSARIAL EXAMPLES

by

Chen Zijun

$\triangledown$

对抗样本

陈梓钧

陈梓钧，1993年生于广东珠海，2011年考入清华大学航天航空学院钱学森力学班，2020年从清华大学航天航空学院工程力学系空气动力学专业毕业，获得空气动力学博士学位，现为航天航空科研从业者。自2011年开始科幻创作以来，已在科幻文坛耕耘十年有余，并取得多项荣誉：2013年凭借《海市蜃楼》《爱尔克的灯光》荣获第25届银河奖最佳新人奖；2014年《卡文迪许陷阱》荣获第26届银河奖最佳短篇小说奖；2016年《闪耀》获第28届银河奖最佳中篇小说奖，同一年，《海洋之歌》获第七届华语科幻星云奖最佳短篇小说奖。已出版个人科幻短篇集《闪耀》。

本文为《银河边缘》中文版专发篇目。

所谓"对抗样本"，是指在输入数据中故意添加特殊的干扰，导致人工智能算法以高置信度给出一个错误的输出。

——摘自《计算机科学》杂志，2013年，arXiv：1312.6199

序　幕

很久很久以前，在遥远的ALICE大陆，有一位不幸的少女。她在战乱中出生，在颠沛中长大。目睹无数悲剧后，她决心冒险远行，寻找让人间永远和平的方法。

她走呀，走呀，从蒲公英的国度，走到了苍岩的领土，横渡了雷暴笼罩的大海，翻越了烈焰焚烧的火山。终于，她来到了世界的边缘，取得了颠覆世界的力量。霎时，她的身后扬起了羽翼，一座通天塔拔地而起。人们传言着天使的降临，天使却戴上了恶魔的面具。在高塔之巅，少女面向全世界前来屠魔的千军万马，举起灭世的魔剑，但是，眼泪却控制不住地从她脸上滑落。

她的剑就这么一直举着，举着，直到人类同仇敌忾地将她杀死，直到通天塔轰然倒塌。

2月8日，Alicezon 在线运维环境

林曦读完这一条文案，微微皱起了眉头。

"柳德米拉，这个活动剧情文案……有点太沉重了啊。"

眼前的金发少女忽闪着大眼睛，有些迷茫地盯着林曦，似乎没听懂他的意思。

根据简历，她真名叫柳德米拉·伊芙娜，东乌斯提[1]人，生于2009年，现年二十三岁，却有长达五年的虚拟现实沉浸时长。她的游戏账号"片翼天使"在总排行榜上高居第二，仅次于一个叫"小楞"的玩家。

这种重度沉浸者在现实里一般是没有工作的，他们的时间都砸在了这个名叫Alicezon的元宇宙世界中。为了挣钱，他们经常接一些商业活动，扮演剧情里的NPC（非玩家角色），就像迪士尼乐园里的演员。

林曦确认了一下自动翻译软件已经打开，想了想，再次向柳德米拉解释道："Alicezon是一个轻奇幻类元宇宙游戏。这次

---

1. 虚构的国家，苏联的加盟共和国。

的春季活动，主打的是轻松愉快的飞行、战斗体验，需要爽快感、轻盈感，就像在风中飞翔的蜂鸟。千万别搞得那么沉重。咱们要让玩家开心，让公司赚到钱，这样你才能拿到报酬。明白了吗？"

柳德米拉点了点头："我不要报酬。我只要找到小楞。"

林曦无奈地笑了笑。先是要求改剧情，又要改文案，最后还要找人，他就没见过这么多事儿的NPC。但这个姑娘的气质很合适，符合剧情策划要求的那种"纯洁中带着深深忧郁"的感觉；而且她是资深玩家，空中格斗术全服第一，这是五年的游戏时长积累下来的。要在活动中带领全服玩家，除了她，没有第二人选。

"好的，我答应你。但小楞已经消失好几年了，我也不能保证找得到他。"林曦说，"没有其他问题的话，就在合同上签字吧。"

他在空中轻点几下，面前就凭空出现了几张泛黄的羊皮卷，像蝴蝶一样围绕着少女旋转着，上面盖着META公司的法人章。柳德米拉接过羊皮卷，笔尖悬在纸上。

"可以再和您确认一些信息吗？"

"说吧。"

"您的真名叫林曦，中国人，现年二十九岁。曾是国际信息学奥林匹克竞赛金牌得主，也是Alicezon人工智能算法的发明人。目前您在META公司运维部工作。而您现在所处的位置是……乌斯提共和国的首都，巴尔涅茨克特区？"

"什么?!"林曦大为震惊，"你怎么知道？"

"小楞曾向我谈起过您。"柳德米拉说，"林先生，听到窗外飞机的声音了吗？战争已经开始了，很快，整个乌斯提将再次陷入战火。而结束这场战争的钥匙，就在我的手里。"

"等等，你是在开玩笑吗？"

"我知道这难以置信，但的确是实情。我住在市中心医院，离您的所在地不远。请您马上来找我，然后……"

这时，林曦感到周围的画面抖动了一下。不知是BMI（脑机接口）故障，还是网络延迟。

"……然后带我再去见一次小楞。"

刹那间，柳德米拉的嘴唇僵住了，光照纷纷破碎，贴图变成空白。二十毫秒内，这个虚拟场景就被一枚来自现实的炸弹摧毁殆尽。

2月8日，巴尔涅茨克特区

轰！

真实的剧痛袭来，比游戏里象征性的痛感要强烈得多。

林曦想从椅子上站起来，但眼睛还捂在漆黑的BMI头盔里，一动就失去了平衡，重重地摔在倾斜的地面上。他忍痛把沾血的头盔脱下，捂着额头，望向本不该如此明亮的夜空。

天空在燃烧。

只见无数绕圈打转的潦草线条在云中穿行，密密麻麻，让人联想起凡·高的油画，看似混乱，却又隐含着某种秩序。那是北约制空无人机和乌斯提空军激战的航迹。几枚防空导弹腾空而起，试图插入其中，但似乎只是混入一场宏大乐章里的几个不和谐音符，还没奏响，就被几道蓝紫色的闪光抹除。那些闪光是北约轰炸机的近防激光武器。它们一闪即逝，仿佛在乌云中骤然睁开的眼睛。

在云层下方，爆炸的火球不断腾起，城市在痛苦地呻吟。

在林曦看来，打击似乎来自所有方向，看不到明显的战线，也没有前方后方。目力所及至少有四十处火光，包括东边的东乌斯提政府大楼、红星电视台，城中央的第聂伯大桥，北边的发电厂、净水厂，还有西边的拉维扬斯克空军基地。每隔几秒，就会有一处新的火光从某处爆开。他从没见过这种打击速度，这样下去，只消十几分钟，整个城市周边的军事设施就会被毁灭殆尽。

"安珀！安珀！"他大喊道，"快醒醒——"

在他身旁，安珀姑娘正一动不动地趴在血泊中。

她还戴着BMI头盔，上半身趴在工位上，抱着兔子抱枕，面带微笑，好像只是加班劳累打了个盹儿而已。一个直径三米的大洞贯穿地面和天花板，将她的工位吞没了一半。洞边缘的楼板被震裂，钢筋戳了出来，上面还挂着一些暗红的、黏糊糊的东西，在巨响的余波中战栗着。

"啊！"

林曦惨叫一声，跌坐在地。

这时，他的听觉才慢慢恢复。哀号、尖叫、防空警报、火焰的爆裂、建筑倒塌的轰鸣、电线断口喷出火花的滋啦声，还有钢筋扭曲时发出的令人头皮发麻的声音，仿佛无数把尖锥一齐刺入他的大脑。

"林！林！你在哪里？"

林曦听到一声声焦急的呼喊。那是彼得·帕维尔，META公司算法部的工程师，林曦的创业团队被收购后，他就和林曦成了平级的同事，两人关系很好。一同跑来的还有一个法务部的英国人。林曦朝他们挥了挥手。彼得看到后马上跑了过来，他打开抱来的应急包，帮林曦简单处理了下伤口，然后扶着他站起来。

"喂，自己能走吗？能？那就快走，别停下！'大狗'要来了！"

大狗——林曦看过那玩意儿的资料，它的正式名字不是大狗，而叫作SPUW，全称"特殊用途无人武器平台"，波士顿动力公司的产品，可以由"猎鹰"火箭投放，或者由无人机布撒空投，是无惧伤亡的全自动杀人机器。

他克制住寒冷和恐惧引起的颤抖，跟着彼得在废墟里奔跑起来。跑到二楼的时候，他看到天上有一枚"猎鹰"火箭正在降落，起初速度很快，随着下落逐渐变慢，最后轻飘飘地落在了东边一个街区外的中心医院附近，快要触地时，火箭下端发出了火光和雷鸣般的轰响。一片烟尘和雪雾腾起，比直升机引起的动静要大得多。

与此同时，西边的街上也传来了发动机的轰鸣。两辆乌斯提国防军的T90坦克突然从一个地下停车场驶出来冲上马路，后面跟着两个班的步兵，显然在此埋伏很久了。他们迅速将武器指向东边的烟尘，稍做瞄准后，火炮和机枪一齐开火，发出了惊心动魄的巨响。林曦感到鼓膜剧痛，好像有人在耳边打冲击钻，积雪也被震得从窗沿上簌簌抖落。但这阵巨响只持续了三十秒就停止了。

只见一群大狗从雪雾和烟尘中冲出来，向乌斯提军队扑去。它们三只一组，配合有序，仿佛狩猎的狼群。两组在马路、人行道和街边商铺里快速穿梭，吸引着火力；剩下两组绕到了坦克的侧后方，一组大狗扑上去击倒步兵，另一组朝着失去掩护的坦克发射了"袖箭"反坦克导弹，其中一枚导弹被俄制"窗帘"近防系统拦截，翻滚着扎进了旁边的居民楼里，另外两枚准确命中了坦克最薄弱的顶部舱门。林曦先听到一声微小的噼啪声，几不可闻，然后就是一声巨响。炮塔瞬间被炸飞，青白色的火焰从车里窜出，一直窜到了三层楼高，仿佛一座喷发的火山。这时林曦才注意到，火焰里还裹挟着许多顶钢盔和焦黑如树枝般的东西，像树叶一样纷纷洒落……

很快，呻吟和惨叫就消失了，街上只剩下跳跃的白炽色的火光，间或有几声大狗们运转的机械声，还有金属撕开血肉的刺啦声。一股刺鼻的味道飘来，呛得林曦不住地干呕。那是焚烧橡胶和烤肉的味道。

蹲在旁边的英国同事终于忍不住了。他歇斯底里地尖叫着刚想冲出楼梯间，一梭从窗外射来的子弹，将他的脑袋削掉了一半，就像打碎一只玻璃调料瓶，他的身子以不可思议的姿势倒下了，扭曲着挂在楼梯扶手上，颜色四处流淌，形成了一幅达利风格的三维抽象画……

这时，外面响起一阵旋翼的嗡鸣声，越来越近。无人机正在赶来确认战果。

林曦知道逃跑是来不及了。他赶紧从口袋里掏出两张彩色贴纸，一张贴在自己额头上，另一张贴到彼得的额头上。几秒后，一道白光从窗外照进来，无人机悬停在楼梯间外不到五米的半空中，仿佛一条昂首吐信的眼镜蛇，光电探头锁定了他，如毒蛇的眼睛。林曦屏住呼吸，心脏几乎要跳出嗓子眼。但几秒钟后，无人机就转头飞走了，去追刚才的那群大狗。它们都转向乌斯提政府大楼，还是三只一组，彼此散得很开，像经验丰富的老兵一样贴着墙根走，很快就消失在弥漫的硝烟之中。

十几分钟过去，等外面逐渐安静后，周围的难民才逐渐从藏身之处走出来，有人扯起了一块白布，朝绕城高速公路的方向走去。林曦等人见状也跟了上去，这时，他才发现自己的两腿抖得厉害。

"你在我额头上贴了什么？"彼得一脸难以置信的表情，"僵尸符咒吗？"

"你才是僵尸。"林曦牙齿打着战说，"这是我用AdvHat[1]生成的对抗样本，只要贴到额头上，人脸识别算法就会把你当成一头直立行走的羊驼。我一般用它来骗过公司的门禁，提前翘班，没想到它还能救命……"

"感谢上帝！刚才我以为我们死定了！"彼得长吁一口气说，"下面我们怎么办？宿舍肯定回不去了，那里很可能已经被炸塌了！"

"我们得去大使馆。"

"大使馆？"彼得愣了一下，然后恍然大悟道，"噢！对，中国大使馆。中国和东乌斯提政府关系很好。上个月他们来撤侨的时候，怎么没把你带走呢？"

"还不是因为我要组织这场很重要的春季活动嘛！而

---

1. 一种针对人脸识别AI的对抗样本，通过在帽子上粘贴印有特殊图案的贴纸实现攻击。这种攻击由华为莫斯科研究中心的Komkov S等人在2019年提出，只需要打印一张彩色贴纸，就可以在不同的拍摄条件下起作用，而且可以通用地对抗多种人脸识别AI。

且……当时我觉得这场战争打不起来。"

"我也一样。不过没关系，你还可以找你的父亲帮忙。我记得你说过，他在中国大使馆担任驻外武官……"

他这么一说，林曦才想起父亲。此时，父亲是他最不想见到的人。

2月7日，东乌斯提空军指挥部

一小时前。

林峰推门走进战情室，顿时被烟雾迷住了眼睛。他以为有人抽烟，但那其实是全息电子沙盘投影出的光雾。

在十米见方的全息台上，横跨三千公里的战场宛如一张钢铁棋盘，呈现出带着金属光泽的冷蓝色。数百簇蓝色箭头横越于棋盘之上，密密麻麻，仿佛在天河里巡游的鱼群，那是敌人的无人机编队。在它们的前方和两侧，还有数量相仿的红色箭头，是东乌斯提空军起飞迎击的SU-57歼击机。

在林峰看来，这场战斗似乎没什么悬念。双方作战单位的数量基本相当，敌机散布在整个地图上，蓝色箭头指向凌乱，自由散漫，好像一窝乱飞的马蜂。而乌斯提空军的红色箭头齐头并进，指向明确，战术也用了我空军教材上的标准做法，一队中间穿插，两队两侧迂回，预备队随行殿后，看起来极有章法。

"1036部接敌！"一名空管员喊道，"敌机MQ-105一百六十四架，MQ-58一百二十八架，高度六千米，请指示！"

"自由开火！"

顿时，全息屏幕的亮度大增，仿佛一盆火药被瞬间点燃。

林峰努力把这场战斗想象成两个剑客的决斗。现代空战战术和剑术的确有一定的相似之处。红色箭头也确实凝成了一把剑，动如闪电，剑花飞舞，直刺敌人咽喉。那是演习场上反复拉锯形成的经验，是飞行员们成百上千小时苦练的结晶。

但敌人没有剑。

敌方机群更像是一片雾气，是无数飞舞的小水滴。红色剑客的长剑劈过雾气，还没来得及回手，飞舞的水滴突然间凝聚起来，变成了无数把尖锐的冰凌，每一根冰凌的尖端都指向剑客的关节和要穴。

动态战术生成算法……分布式态势感知……这种技术，美国竟然实现了……

林峰皱紧了眉头，闭上眼睛。

在纷飞的冰凌中，红色的剑客怒吼着，挣扎着，试图挥剑格挡，但徒劳无功。很快，全息地图上只剩下弥漫的蓝色。红色箭头几乎消失，就像冲上沙滩的海浪，很快归于沉寂。

"一百二十五秒。"他睁开眼，看了下手表，默念道。

蓦地，电话铃声响成一片。

"1139部报告！我部于A13控制点遭遇拦截，损失惨重……"

"1036部，对毁率1比1.4，敌战力超出预计，请求重新评估……"

"K3数据链卫星信号中断，重连失败……"

"1109部……我们失误了，只晚到了几十秒，整个中队就被打没了……"

空管们瞪着血红的双眼，头戴耳机，手上疯狂敲击着键盘，整理着来自前线的战报，将其录入自动化指挥系统，汇总，精炼，交给参谋们进行战效评估，然后上报给总司令契尔连科。只听得电话铃声、口令声、咆哮声、键盘敲击声、鼠标点击的嗒嗒声、紧急战情的警报声，还有计算机风扇的轰鸣声，彼此交缠在一起。这是这个时代的战争交响乐。

突然，扑通一声，一位空管员在座位上晕倒，双手抓挠着胸口，无力地抽搐着。一旁待命的急救队立刻冲上去，为他做紧急心脏除颤。在这期间，旁边的战友们只来得及向他侧瞄一眼，手都没能离开键盘，就又被洪水般袭来的战情信息淹没。当战役结束时，众人皆已濒临极限。

北约无人机的战斗力远远超出了最坏的预期。此时，整个东乌斯提空军都处于震颤麻木的状态。从开战到彻底失去制空权，只用了不到十五分钟。

林峰叹了口气，目光转向坐在旁边的三个中国人。他们穿着便服，但都是职业军人，现在的身份是军事观察员。乌斯提空军的战术手册就是在他们的指导下编写完成的。此时，他们的额头挂满了汗珠。

"走吧，我们出去透透气。"林峰对大家说。

秦川等人跟着林峰，惴惴不安地来到地下掩体的门口。

这里距离巴尔涅茨克八十多公里，三面环山，地上是一座奥匈帝国时期的教堂，此时已经破败。秦川环视四周，只见地面和房顶都覆盖着新雪，在月夜中泛着皎洁的白光，但远处传来了隐约的飞机轰鸣，声波轻轻震动着树梢，仿佛在提醒大家这片皎洁是多么脆弱。

林峰点上一支烟，问："刚才的那场战役，你们怎么看？"

三人面面相觑，都在等别人先说话。

"秦参谋，你是搞人工智能作战体系的，你说说看，如果这场战役发生在我们那儿，你能撑几分钟？"

秦川擦了擦额头上的汗珠，"首长，这个问题我没法回答。直到昨天，我们还以为北约的智能空战体系和我们一样，都处于1.0时代，AI只是辅助决策，命令最终还是由空中管制官下达。但今天看到的情况显然不是这样。"

"敌人的人工智能领先了整整一代？"

"恐怕还不止。"秦川说，"敌无人机编队看不到一个明显的调度中心。指挥是分布式的，算力极强。无论是对整体战局的宏观把握，还是对局部态势的精确求解，都是在极其复杂的战场上动态做出的！这听起来不可思议，我也不敢相信，但它们的路径规划证实了这一点。将近三百架敌机，基本上实现了全域战场上的动态汇聚和解聚，几乎每次汇聚，都能创造出局部优势。哪怕陷入局部劣势，也能迅速断臂求生，实现了田忌赛马的效果。"

林峰点了点头，转向秦川旁边的中年军官："老卢呢？你曾是我们最出色的飞行员和中队长。你怎么看？"

老卢叹了口气，说："我不知道，很迷茫。以前我以为AI都是花拳绣腿。虽然国家投了不少钱，什么'跨军种通用战术网络'啦，什么'全域智能指挥系统'啦，都建立起来了。但一拉上来演习，就全都成了废物。我们的AI指挥官最多只能管到营级，再往上，它就成了'人工智障'，必须有人介入，还是跟以前那样口令传话，层层上报。至于联合作战，AI根本他娘的玩不转嘛！"

"如果只是这样，我们倒也还顶得住。但它们竟然学会了战术欺骗！"另一名军官说，"两年前，我在东海和老美的无人机群对峙过，那个时候它们还没那么聪明，经常错判我们的战术意图，被我们当猴儿耍。但现在它们学聪明了，学会欺骗了！刚才的那场战役，它们利用乌斯提空军决策链过长、决策过于集中的弱点，在数百公里的跨度上做出大量的假动作，给乌斯提的指挥官制造了大量垃圾数据。人都是血肉之躯，就算再怎么天才，也扛不住这种规模的数据洪流啊！"

说罢，大家都沉默了，不仅因为误判战局的愧疚，更因为后怕和恐惧。

"看来我们达成一致了。"林峰打破沉默，"我们以为敌人仍在智能战争1.0的时代，但并非如此，他们发生了技术爆炸，进化到了智能战争2.0，甚至3.0时代。这里当然有我们情报工作的失误，但这不是我今天要问的。我想问的是，他们究竟是怎么在短短两年内做到这一切的？"

听到林峰的质疑，秦川也感觉到了隐约的不对劲。

理论上，训练AI所需的数据量随复杂度上升呈指数爆炸式增长。训练一个排级指挥AI，需要两百次空战数据；训练一个营级指挥AI，需要两万次空战数据；而一个能指挥数百架无人机进行跨兵种全域作战的AI，至少需要两千亿次空战数据！就算从地球诞生的那一天开始打仗，打到太阳毁灭，都产生不了那么多的数据。在智能作战1.0的实践中，这是秦川他们始终跨不过去的最高门槛。

这个门槛，敌人是怎么跨过去的？

秦川沉思许久，突然浑身一激灵，仿佛被闪电击中。接着，他转身小跑到掩体门口的手机屏蔽柜前，取出自己的手机。

"你要干啥?"在一旁紧跟过来的老卢困惑地看着他。

秦川没有回答,径自解锁了手机,指了指屏幕上面的Wi-Fi信号。

"有信号!"老卢惊呼,"你的手机怎么会有信号?"

"我的华为手机前天丢在巴尔沃边检站了。这是契尔连科将军送给我的META手机,有连接'星链'的天线。"秦川转向林峰,"首长,现在整个乌斯提战区都在北约的全频段压制干扰中,处于全国断网状态。但只有一个频道是未被干扰的,这就是'星链'的频道。您应该知道那是什么吧?"

"知道。埃隆·马斯克搞的低轨道通信星座,有五万颗小卫星,可以在全球任何地点保持Wi-Fi网络信号。"

"是的,我原来以为这个频道是给北约做'心理战'用的,因为战区老百姓只能用'星链'上网,只能看youtube(油管)制作的假新闻,只能玩META制作的元宇宙游戏。但您看这里,META元宇宙打开后,显示的网速只有30MB/s,还不到'星链'用户正常带宽的五分之一。剩下的五分之四到哪里去了?"

"别卖关子,有话直说!"

"我想,这些手机都留有后门。'META'借此占用了五分之四带宽,给AI指挥提供了通信和计算力!"

林峰微微皱眉,"用网络游戏指挥作战,你觉得可能吗?"

"这……只是一个猜测。"秦川的语气低了下去。他自己也知道这不太靠谱。

林峰不易察觉地叹了口气。

在他看来，秦川的能力明显比他的前一任差了个档次。如果打个比方，他的前一任就像懒散的李白，看起来吊儿郎当，但斗酒诗百篇，篇篇惊为天人；而他则是勤奋的贾岛，两句三年得，一吟双泪流。空军战术研究室从来不缺像他这样勤奋的参谋，他之所以能脱颖而出，主要还是前一任政治觉悟太低，思想不端正，最后还主动辞职，自己创业去搞什么元宇宙游戏了……

为什么自己会有这样不成器的儿子呢？

想到这儿，林峰感到心里有某种黏稠的东西在郁结。他望着布满阴霾的天空，陷入了往事的回忆。

六年前，上海灵境元宇宙创业园

林曦从工位上抬起头，视线越过玻璃门，赫然看见父亲正大步流星地走进办公室。此时还是上班时间，外人是不能随意进来的。门口的保安试图拦住他，但就像一辆奥拓想挡住坦克一般，被顶得连连后退。

"对不起!"保安说,"我拦不住这个人……"

众目睽睽之下,父亲像一尊铁塔立在办公室中央,眼睛充满血丝,如炬的目光扫过工位上的一个个姓名牌。

"中国人,"他的声音里充满了失望,"明明都是中国人,名字为什么要用他娘的英文?!"

邻座的安珀震惊地看向林曦,努努嘴,用口型说:"你爸?"

林曦本能地缩起脑袋,低下头,想在工位的挡板下躲过一劫。但父亲凌厉的目光还是发现了他,就像导弹锁定了敌机一般,父亲几个大步走过来,巨掌从天而降,像捉小鸡一样将他一把捉住。

"回去!"他不由分说地拖着儿子就往外拽。

林曦感到一股热流直充头顶,血压骤然升高。以他的性格,要是平常父亲这样做也认了,习惯了,但现在他马上就要成为公司高管,是眼前这十几号员工的领导,在众人的目光中——尤其是在邻座的热恋期女友的目光中——他第一次选择了反抗。

"起开!"他甩开父亲的手,"我不可能回去!"

"林曦,你是国防大学培养的博士,非要把这么多年的才学,全部扔到这个屎坑里吗?!"

"这不是屎坑!这是科技,是艺术,是我毕生的梦想!"

"放屁!这就是屎坑,是精神鸦片!"父亲提高了音量,"你还太小,阅历太浅,根本不知道现在国家有多危难,有多少人在负重前行！今年战区前指的参谋，累倒的就有三个！而你呢？明明能帮他们分担工作，却把头一缩，手一揣，缩进虚拟世界里当鸵鸟了！"

"你不懂！"

"我不懂?！古人说得好，商女不知亡国恨，隔江犹唱后庭花。你是学算法的，知道手里的数据规模——看看你们搞的这些精神鸦片，害得多少年轻人不务正业，把关注当荣誉，把网红当理想，把流量当真理，把虚拟当现实！"

"够了！"林曦用尽全身的力气吼道，"我，没有你这个爸！"

说罢，他低着头跑出去，一口气跑下五层楼，冲进了外面的大雨中。

半小时后，一辆军车找到了在黄浦江边徘徊的、浑身湿透的林曦。

两个警卫把他架上车。他没有反抗，只是沉默着，像一根木桩，准备跟父亲死扛到底。但军车没有开回部队大院，而是开到了浦东机场。工作人员直接安排他登上飞往兰州的飞机，飞机降落后，又立即被两名便衣军人带上直升机，飞了小半个晚上，一直飞到目之所及皆为荒芜的戈壁滩，直升机才徐徐降落。林曦被带下飞机，眼前是一片空旷的跑道和停机坪，调度塔上刷着一行字：冷湖试飞训练中心。

在这里，他再次见到了母亲。

准确地说，他只见到了她的一部分。

她的另一部分躯体在空难中粉碎了。殡仪师用树脂替代，补全了躯体，为她穿上蓝色的空军礼服，盖在了国旗之下。

"为什么……"林曦喃喃道。

"你已经脱军装了。按规定，我不能告诉你。"父亲冷冷地看着他，但眼眶是红的，"昨天下午，我刚听到事故报告，情绪有点失控，向你道歉。但我想说的，不想说的，昨天都已经说明白了。"

"嗯。"林曦沉默了片刻，"我明白。"

"明白了就好。"父亲的语气缓和了些，"回来吧，完成你母亲未竟的事业。把那些不三不四的关系撇清，你就还是一名战士，还是一名共和国军人的后代。"

林曦抿了抿嘴唇，握紧拳头，说："如果我不回来呢？"

"什么？"

"你没有发现吗？"林曦提高声音说，"我国已经足够强大，强大到很多人都犯大国病了。人们都在愤怒，在叫嚣战争，每个人都恨不得能'虽远必诛'。这会让全世界都视我们为敌。因此，我们不得不继续拼命，不得不为一个又一个危险的新武器试验去冒险……妈妈本来不该做那个试验的，那个人工智能根本不成熟，但为了任务，她不得不去冒险！去玩命！"

"林曦！这里是什么场合，你怎么敢——"

"我当然敢！我是在对你说，也是在对你们所有人说——

武器只会增加你的敌人，只有爱与艺术，只有科学和文化，才能让世界各国不再敌视我们！只有那样，我们才可以像普通人一样每周和家人团聚，才可以不必累倒在战位上，不必为某个不切实际的数字而在试验中牺牲生命！"

"你真是这么认为的？"

"是的！"

"那你想好了？"

"当然！我……想好了！"

林峰背过手，长叹一声，空军蓝的背影在夕阳下渐渐远去。因为死者身份特殊，前来吊唁的几乎都是穿制服的军人。父亲走入人群，就像一滴水融入了大海。这是林曦和父亲的最后一次见面。

2月7日，东乌斯提空军指挥部

"首长？首长！"

一个焦急的声音将林峰唤回了现实。他转过身，看到秦川正捧着一台红色的卫星电话。这是直通中央军委的加密电话，采用无法被窃听的量子通信技术。作为战场观察员，这是林峰和祖国最可靠的联络方式。

"二号首长急电，要您亲自接听。"

林峰心中一紧，接过电话。秦川虽然没有听到具体内容，但他看到林峰的神色随着对话逐渐凝重了起来。

"好的。好的。明白。请首长放心，保证完成任务。"

林峰挂断了电话，然后转向秦川。虽然他没有说话，但秦川顿时感到了强大的压迫感，仿佛一片漆黑的雷雨云从天际线上排山倒海地压过来，乌云的深处有电光闪烁。

"五分钟前，中伊石油管道被北约用精确制导炸弹摧毁了。"林峰说，"同时，美军第三舰队、第七舰队分别进入我国东海和南海，第五舰队也进入了马六甲海峡，关岛、冲绳也侦测到美军有大量异常调动。"

"难道美国的目标不只是乌斯提？"

"二号首长指示，我们要以战止战。在没有我军介入的前提下，尽可能帮助乌斯提抗住北约的打击，尤其要协助他们歼灭北约的智能无人机群。"

"就我们几个人？"

"是的，就我们几个。"

"哈！"老卢一摊手，苦笑道，"只有四个人的志愿军？"

秦川也跟着苦笑了一下。他想起了自己这个岗位的前一任、自己的研究生同学，那个总是让自己灰头土脸、倍感挫败的"天之骄子"林曦。在人工智能领域，他是最擅长在绝境中翻盘的天才，如果他在这里，可能还有点希望。

"林曦啊林曦，现在你在干什么呢？"他在心里默念道，"按你的性格，大概是戴着BMI头盔躺在豪华的气浮床上，沉浸在虚拟世界里乐不思蜀吧……"

2月8日，巴尔涅茨克特区

在一片瓦砾上，林曦气喘吁吁地跋涉着，浑身都是尘土和血迹。

此时已是凌晨三点多了。META公司附近的道路几乎都被炸毁，桥梁也被炸断。隔壁的汽车客运站甚至落下了两颗集束炸弹，几十辆大巴都成了废铁，墙上布满了脸盆大的弹孔，路面好像月球表面般坑坑洼洼。

他不是没见过轰炸现场的景象。在冷湖基地，他不止一次看见过战机向靶标倾泻下成吨的炸弹和火箭弹。但那时候，自己跟父母一起坐在演习观礼台上，在炸点的五公里之外，还戴着头盔和护耳罩。

"怎么样？能联系上你们大使馆吗？"彼得问。

"打不通，完全打不通！"林曦放下手机，叹了口气，"手机已经彻底没有信号了。彼得，你有没有别的办法?"

彼得摊了摊手，"别看着我啊！美国早就和乌斯提断交了，侨民也在上个月撤走了，当时我真该跟他们一起回去的……不过，我倒是有个发现。"

他拿出自己的META手机，递给林曦。只见上面的Wi-Fi信号是满格。

元宇宙游戏Alicezon还能登录！

林曦震惊得瞪大了眼睛，"为什么?!"

"哈哈，这是'星链'的功劳！我猜测，咱们META公司和北约达成了协议，军方封杀了大部分通信频段，但留下一个口子，给难民留下求生的机会！你看，从风起地到精灵谷，从归离集到鸣神岛，到处都贴满了难民们的求助帖和定位信息。有求献血的，有求助车辆的，更多的是广播找人报平安的……"

"可为什么要用Alicezon？这游戏流量需求很高，用它完全不合理啊。"

"不知道。这种时候，谁管得了那么多啊！"彼得说，"林，我看你也别回什么中国大使馆了。既然可以求助，咱们不如通过Alicezon直接联系美国移民局吧！就说北约误炸了我们公司大楼，害死了几十人，我们是仅有的幸存者。我敢打赌，他们第一时间就会派飞机把我们从这里接走，好吃好喝地接待我们，然后给二十万美元让我们删帖，再花一百万美元让META

公司不要把他们告上军事法庭。"

这时，城市北方传来爆炸声，震得地面都在微微抖动。那里有中乌合建的天然气和石油管道。从连绵不绝的火球看，那是现代战争中很少见的野蛮的地毯式轰炸。

"彼得，"林曦忽然有了不好的预感，说，"我得回去一趟。"

"什么?! 你疯了吗?"

"公司被炸之前，我正在和一个叫柳德米拉的NPC演员谈合同。不知为何，她竟然说自己手上有结束这场战争的钥匙，要我去巴尔涅茨克中心医院找她。"

彼得愣了一下，神色微变，好像忽然想起了什么遗漏的事情。

"怎么了? 我知道这有点离谱。"

"确实。"彼得耸了耸肩，"但你还是要去?"

"对。"

"老兄，我确定你真的疯了!"彼得认真地说，"医院那边是交战区。你知道的，这可不是电脑游戏，人被杀，就会死，没有复活药水可以喝……而且，'结束战争的钥匙'这种东西，怎么可能会有嘛!"

"这我当然知道。但她是我见过的最好的NPC，空中格斗术堪称一绝。没有她，我没法做今年的春季活动。"

"都什么时候了，你还在想游戏! 没救了!"

"彼得，你可能不理解。在这个游戏里，我找到了人生的

135

终极意义……"

这时，废墟里突然掠过一丝闪光，一梭子弹打了过来。林曦和彼得立即向前扑倒，翻滚着躲到了一辆汽车的车头后面。子弹把车身打得叮当乱响，但没有打穿，只把水箱打破了。水汽急速喷出，在寒冷中凝成了一片白茫茫的霜雾。借着雾气掩护，两人跑进了旁边的地铁站，躲进调度室里。开枪者并没有追上来。

"林，你受过军事训练?"彼得喘着气问。

"我还想问你呢!"林曦说，"身手很敏捷嘛。"

"真的吗? 那你就猜错了。"彼得笑道，"我只当过两年的童子军而已，唯一参加过的军事行动是——潜入童子营教官的家，在门口撒了一泡尿。"

林曦忍不住扑哧一声笑了出来，"像你干的事。"

"我父亲倒是想让我去当水兵。他是美国海军的上校，满脑子都想着打仗、升官，为此还拉我去珍珠港，去圣迭戈，还去了戴维营，去看那些海军的傻大个对总统卑躬屈膝的样子。一言难尽。"

"那我们的父亲还挺像。"林曦说，"我父亲和我爷爷都是军人。研究生毕业后，我按他的要求进了空军研究所，研究怎样才能更高效地作战，以最小的代价赢得战争。但战争就意味着杀人。全世界每年成百上千亿的金钱，都投入到了这些战争杀人的研究上来。人类最聪明的头脑，都在绞尽脑汁地思考如何更快地杀死其他人类……"

"巴别塔倒塌后，人类从未停止厮杀。"

"是啊……彼得，你看过《化身博士》吗？这部小说的主角发明了一种药，能将人性中的光明面和阴暗面相互分离。光明面叫杰基尔，善良仁慈，懂得怜悯；阴暗面叫海德，暴虐嗜血，渴望争斗。元宇宙Alicezon就有希望成为这种药！"

"哦？要怎么做呢？"

"第一步，人们偶尔在元宇宙里战斗，发泄掉暴力——当然，暴力的对象都是人工智能体——从而将坏人格'海德'逐渐剥离出来。第二步，人们将在元宇宙中度过大部分时间，逐渐习惯于借助人工智能解决争斗，坏人格'海德'因此不再被需要。最后，人类将完全生活在元宇宙Alicezon之中，享受着海拉鲁的诗与微风，欣赏鸣神岛的樱花与潮鸣，在碧水峡的激流里冲浪，在龙胆花的草原上安眠。当数字资产极大丰富后，人人都会成为艺术家，坏人格'海德'将被永远抛弃。如此，我们便可以彻底消灭战争。"

"这就是你说的'人生终极意义'？"

"是的。我想为人类造出新的巴别塔，让世界永远和平。"

彼得无声地笑了笑，拍拍林曦，说："走吧。我们的路还很长呢。"

沿着漆黑的地铁隧道，林曦和彼得来到了市中心医院附近。

地铁站修建于美苏冷战时期，是按照防核打击的标准建造的，足有二十多米深。即便如此，每隔几秒钟，头顶还是会传来一声闷响，震得天花板上的灰尘簌簌抖落。两人不敢耽搁，以最快速度穿过地铁站和地下停车场，进入了医院地下的防空洞。

防空洞里挤满了难民。林曦每发现一个穿白大褂的人，都要举着手机用英语问对方："请问你认识照片上的这个女孩吗？她叫柳德米拉·伊芙娜，二十三岁……"

问了几圈，终于有一个头发花白的老医生回答了他："她是我负责治疗的病人。轰炸开始之前，她就告诉我，会有一个年轻的中国朋友来找她……"

林曦使劲点头，"对对对！就是我！您知道她在哪儿吗？"

"住院部，十楼，契尔连科将军专门给她安排的房间。她还活着，但……没法和我们一起下来。"老医生说，"先生，我建议你不要去找她了，现在上面很危险！而且，你救不了她的！"

林曦没有听老医生的劝阻。十分钟后，他和彼得一起站在了十楼的病房门前。只见门牌上写着"临终关怀室"。

与其说是病房，其实这里更像是超级计算机的机房。不到二十平方米的房间里摆着一排立柜式计算机、两套非侵入式BMI设备、两套血液透析机，还有四张病床。其中一张床上的男孩已经死去，轰炸造成的停电让他的呼吸机停止了工作，哪怕柴油发电机已经恢复了电力，他的生命也无法挽回了。他的邻床上躺着一个金发女孩，还活着，那正是柳德米拉。她戴着BMI头盔，一只纤细如柴的手臂上插着留置针，另一只手臂和两条腿的位置都是空荡荡的。

"片翼天使……"林曦感到心中一颤。

彼得表情复杂地摇了摇头，拍了拍林曦的肩以示安慰。但林曦只消沉了一会儿。不多时，他深吸一口气，振作起精神，推开房门走进去，麻利地开始检查女孩床边的另一套非侵入式BMI设备。

"你要干吗？"彼得紧张地问。

"登陆Alicezon。我要沉浸一小时左右。"林曦将BMI头盔套在自己头上，说，"如果没有紧急情况，不要叫我。"

2月8日，Alicezon 主世界

META客户端启动。

世界加载中……

抱歉，网速不稳定，重试连接中……

抱歉，网速不稳定，重试连接中……

连接成功。正在核验虹膜……核验通过。

正在校准脑电波，请您依次念出如下文字……校准通过。请您的视线追踪画面中央的小球……校准通过。请您做出如下手势……校准通过。

开发者：林曦（UID：0000001），欢迎回到Alicezon，愿奇迹和魔法与你同在。

短暂的下坠感之后，林曦感到脚下一震。触觉激活了，温暖的空气涌上来，好像爱人温暖的怀抱；嗅觉系统也启动了，他闻到了龙胆花、蜂蜜和果木的芳香。

他回到了自己设定的游戏出生点。

这是蒙德城的一座北欧风格的小屋。他躺在鹿皮沙发上，环顾着自己最熟悉的"家"。壁炉在温柔地燃烧，偶尔发出噼啪的脆响。橙红色的火光照在橡木地板上，好像落日时分的晚霞。柜子里的酒桶，书架上的羊皮卷，挂在墙上的猎弓、法杖、火铳，还有衣帽间里的精灵翼装，都在这温柔的火光里微微摇曳。

"欢迎回家！今晚我来下厨吧。甜甜花酿鸡，蜜酱胡萝卜煎肉，还有月亮派哦！"

林曦心中一颤，默默转身，看着坐在高脚凳上对自己微笑的红衣精灵女孩。

她正是安珀。Alicezon的人工智能会自动学习玩家的游戏行为，哪怕玩家离线了，也可以根据玩家的习惯，驱动虚拟角色进行一些简单的互动。林曦很清楚这一点，但他还是产生了一种幻觉——安珀还没有死，刚才的战争是一场噩梦，那个充满灰尘和灾难的世界是虚假的，眼前的这个一尘不染的世界才是真实的……

但他是这套AI系统的开发者。医者不能自医，他终究没法欺骗自己。

他在半空中轻点两下，调出了系统控制台，然后沙哑着嗓子说："用户名：安珀。UID：0000002，账号数据备份，转入二级隔离区。用户状态设置为：死亡。"

顿时，红衣精灵女孩的神色暗淡下来。她向林曦走来，将头枕在他的肩上，然后轻轻握住了他的手。

林曦吃了一惊。他没想到安珀给自己设置了默认的告别动作。随即他才想起来，那是他们两人在刚开始创业的时候做的剧情。那时公司只有六个人，安珀亲自写台词，还亲自下场当真人NPC，饰演了一位女扮男装的精灵弓箭手，在一段舍生勇斗巨人的剧情后身负重伤。弥留之际，她倒在爱人的怀里，说出了最后的戏剧台词：

"亲爱的，为什么……痛苦是如此漫长，像蜗牛的移动……快乐是如此短暂，像兔子的尾巴掠过秋天的草原……"

接着，她的身影化为无数晶莹的碎片，消逝在风中。

林曦沉默地望着这间两人共同经营多年的小屋。屋里空荡荡的，再也没有了那个可爱的红色身影。他双手攥拳，努力想把眼泪憋回去，但最终还是没能控制住自己，跪倒在地上，浑身颤抖地低声呜咽起来。

忽然，一个白衣少女出现在他的身旁。那正是柳德米拉——片翼天使。

林曦抬起头，怔怔地看着她："你怎么知道我在这里？"

"Alicezon的加密系统有很多漏洞，主要是数学上的。我很容易就破解了你们的节点服务器，打开了监控后台，然后看到了你。"柳德米拉淡淡地说，"我想，你已经找到我的所在了。"

"是的，我到了市中心医院……"这时，林曦才想起自己来这里的目的。他从地上爬起来，正色问道："柳德米拉，你说，你手里有结束这场战争的钥匙？"

"我知道这听起来难以置信……"

"不，我相信你。"林曦说，"只要你真有办法阻止战争，不管听起来有多离谱，我都相信。"

"但我一个人的力量不够，必须先找到小楞。"

"我们这就去找他。"

Alicezon是全球最大的元宇宙游戏，注册玩家三亿五千万，有十五个虚拟国家、两百多个地区和七千多个城市。哪怕有开发者权限，用UID查询一个人也需要数小时的时间。何况，林曦早就把Alicezon卖给了META公司。现在他没有查询用户数据的权限，只能跟着柳德米拉一起在各个服务器之间穿梭跳跃，靠她的"黑科技"找人。

两人首先来到了北欧风格的城邦国家——蒙德，降落在城市中央的自由广场上。这是每个玩家第一次登录游戏时的出生点，也是Alicezon里最热闹的地方，每天的人流量高达百万。广场中央有全境最大的公告板，上面贴满了各种语言的布告：

"上好的风种子、雷种子！价格公道，童叟无欺！"

"风神祝福过的蒲公英飞毯，一匹只要五千摩拉！附送四星祭礼剑！"

"沉默骑士公会招募元宇宙建筑师、私人翅膀美化师、灵能瞭望手、法术开发员，两年经验起，待遇面议！"

林曦和柳德米拉挤过熙熙攘攘的人群，感受着这里带着些童真的市井气。他再次产生出某种错觉，觉得这里才是真实的，那个战火纷飞的世界只是场噩梦而已。但他很快回过神来。即便在这里，他也看到了大量与战争有关的公告，有寻人的，有报平安的，但更多的是西乌斯提政府的宣传口号。

在风神神像下，有一个玩家正在大声演讲：

"大独裁者契尔连科，你听到了吗？巴尔维的万人坑，有多少冤魂在痛哭！集中营里，又有多少惨剧在上演！五年了，我们等了整整五年，自由的灯塔终于向我们照来了！今天，整个民主世界都和我们站在一起，我们将推翻独裁者，收复巴尔涅茨克，收复巴尔维，收复整个乌斯提！"

同时，林曦看到广场上走过一支游行队伍。他们几乎都是欧美区的玩家，手里举着标语牌，高喊着：

"打倒契尔连科！人权高于主权！自由乌斯提万岁！"

等那群人走过了，林曦才转向柳德米拉，问：

"你是上一场战争的受害者，是吗？"

柳德米拉扑闪着翅膀，轻轻点了点头。林曦发现，她在移动时手脚都没有用力，脚尖只是轻轻触着地面，完全靠扑动翅膀来行动。这说明她已经完全习惯用幻想出来的"扑翼肌"了，截肢的时间肯定不少于五年。

"不必同情我。"她说，"比起那些死在地窖里的朋友，我已经很幸运了。"

林曦沉默了许久，才问："小楞是你的朋友吗？"

"不。他更像是和我没有血缘的亲人。我父母死后，是他在这里照顾我，教导我，就像教父……"柳德米拉说，"不，按你们中国人的说法，应该叫'师父'。"

在蒙德搜索了一番之后，两人没有找到线索，便继续前进，来到了兴安半岛。

这是一个颇具东方风情的国度。初来者往往以为是参考了日本，但其实这是以古代朝鲜为原型的虚拟国家。只见无数小溪从雪山蜿蜒流下，在河谷镇的石屋和绿野之间盘曲环绕，河畔飘满了粉红色的云朵，那是盛开的金达莱。柳德米拉说，这里是小楞和她初次相见的地方，他在这里给她传授了空中格斗术。

"还有更多线索吗？"林曦问，"比如语言、国籍和外貌等。虽然用的是虚拟形象，但一般都能反映出玩家的真实性格。"

"嗯，他是个十七八岁的黑发少年，应该是中国人，但俄语说得很好，我们都是不用翻译系统直接对话的。"

"有意思。你们是怎么认识的？"

柳德米拉笑了笑，"那是个很长的故事了。"

"你注册游戏是在六年前，而小楞是在五年前消失的。"林曦说，"我猜，那是因为第一次乌斯提战争？"

"嗯。战争爆发前的那个暑假，我在上高三，获得了全国数学竞赛金牌。爸爸很高兴，给我买了一台BMI头盔，还预购了好几个元宇宙游戏，其中就包括Alicezon。我们一起参与了内测。那时，我最担心的事情就是抽不到五星角色卡……"

"我想起来了，那是六年前，我们刚刚发布了Alicezon0.1版本。"

"嗯，然后战争就来了。在一个寻常的早上，我听到一声巨响，窗前飘来了一块废铁，好像昭告秋天降临的落叶。然后，战争就开始了。"

柳德米拉一边说，一边在河滩上拾起几块卵石，用右手将它们斜斜地掷向水面。她的打水漂技术很好，石头能在水上弹跳七八次。

"我的右腿是在巴尔涅茨克机场丢掉的。那天早上，我正准备去莫斯科参加国际数学奥林匹克联赛，结果毕肖普的'自由乌斯提'冲锋队闯进机场，把我们赶到了停机坪上，然后用火箭筒把客机一架架炸毁，想让讲俄语的东乌斯提人一个都跑不出去。碎铁皮和玻璃片漫天飞舞，其中的一片砸下来，切断了我的右腿……

"然后，美国人来了。他们给毕肖普送来了更多的坦克、飞机和燃烧弹，帮助他推翻政府，占领了巴尔涅茨克，还把我的家乡烧成了平地。我的爸爸、妈妈和姐姐都被烧死了。邻家的娜塔莎和我一样，只是被白火沾了一下，整条左腿就没有了。她原本是个芭蕾舞演员，在国家大剧院跳《天鹅湖》的梦想还没实现……

"至于我的左手，是被子弹打没的。那时我刚出院，推着轮椅回到家里，想找一些能留念的东西。家里只剩下焦黑的瓦砾，但我竟然在窗台上找到了一个完好的白瓷花瓶，那是爸爸从中国带回来的礼物。我太兴奋了，忘了附近还有狙击手。当我去拿那个花瓶的时候，不料手刚伸出窗户，一枚子弹就打了过来，我的左手和花瓶一起被打碎了，好在我还活着……

"最后，契尔连科叔叔还是打了回来。我已经不记得那是第几次了。在反复的战争中，我的家乡已经成了一片焦土，几万人死了，还有几万人重伤残疾。但契尔连科叔叔没有让我们自生自灭。收复巴尔涅茨克之后，他就给我们提供了最好的医疗。对于我这样的残疾人，他还花钱买了BMI设备，用虚拟现实来减轻我们的痛苦……"

柳德米拉的叙述很平静，仿佛在讲着和自己不相干的事，但在林曦心里却引起了巨大的波澜。

迄今为止，他从来没有如此近距离地感受过那种长期的、大规模的、系统化的恶意。他不是没看过战争新闻，但那都隔着屏幕，离自己很遥远。安珀的惨死是一个冲击，但仍可以用"偶然"和"不幸"来解释。而柳德米拉说起的东乌斯提的战争惨剧，竟然如此沉默地持续了数十年，这无疑是蓄意的残忍，令人胆寒。未来的芭蕾舞演员失去肢体，未来的钢琴师被震聋了耳朵，想当科学家的少年死在战场，画家的双眼被仇恨染红。在这里，鲜血比葡萄酒更吸引人，爱与艺术在野蛮的战火面前是如此脆弱无力。

艺术真的能改变这样的世界吗？林曦第一次对自己的理想产生了动摇。

在一座河畔的小木屋旁，柳德米拉突然停下了脚步。

"找到了。"她说，"Alicezon发售之后，我便来到这里，认识了小楞。"

这座小屋样子破败，风格和其他玩家的居所都格格不入。林曦发现，它用的贴图材质包都是五年前的旧版本，因为和现在的渲染器不兼容，贴图上布满斑驳的颗粒状纹理，林曦称之为"数字包浆"。小屋的木门紧闭，门口有十五个鹅卵石垒成的小石堆，每个石堆上都插着一块木牌，上面写着一个个中文名字。

"这里让你想起了什么吗？"柳德米拉问。

"唔……"林曦沉思片刻，"这里是改造过的地图了。玩家可以聘用元宇宙建筑师，自行改造有数字产权的地貌。对这个小屋，我完全没有印象。"

"嗯。那我们继续走吧，去我最后一次见到小楞的地方。"

语言刚落，两人传送到了归离集。这里是Alicezon里历史最悠久的国家，服务器节点设在上海，是林曦创业之初设计的第一个虚拟世界。

他感慨地望着这熟悉的景象。目之所及是一片广袤的原野，芦苇荡和水稻田交替分布，丘陵在河流之间温柔地起伏，古朴的合院、叠楼、拱桥、渔船和银杏树点缀其间，既有"画船听雨眠"的婉约，又有"秋水共长天一色"的壮阔。其实，林曦在现实里并没有见过这样的美景，这是他小时候从爷爷口中听来的。爷爷总是说，在他年轻的时候，祖国的山峦都是墨绿的，田野是金黄的，大江大河波澜壮阔，风吹稻花，带来丰收的香气……

柳德米拉说："你似乎对这里很熟悉？"

"是的，这儿是我梦里的景象。不过，那只是我对爷爷讲的睡前故事的想象而已，据此，我设计了归离集。"

"那都是些什么故事？"

"他跟小伙伴比赛打水漂的故事；他在黑水河里抓鱼的故事；他爬到山顶的老歪脖子树上用弹弓打落老鹰的故事；他瞒着父母偷偷跟着哥哥去参军的故事；他穿着新发的军装回乡探亲，故意在小芳姑娘的窗户下走了几个来回的故事；还有……"

林曦突然停住了话头。爷爷也是这样，每次故事讲到这里时就会戛然而止。

"在那之后，战争爆发了。"他说。

"你爷爷还在世吗？"

"他去年走了。寿终正寝，走得很安详。"林曦擦了擦眼角，说，"好了！闲聊到此为止，柳德米拉，你在这里有什么发现吗？"

"没有。"柳德米拉摇摇头，再次从河滩上拾起几块卵石，投手掷向水面，"我检索了本地服务器的所有登录记录、战斗记录和交易记录，都没有找到小楞。"

"这片区域比较'古老'。在被并入Alicezon之前，这里是另一个独立游戏的主世界。"林曦说，"你再往下深挖一层试试？"

"好的，我看看……"柳德米拉眯起眼睛，调出窗口，以惊人的速度输入命令、检索数据。几分钟后，她惊呼道："咦，真的如你所说！找到一条小楞的下线记录！但也仅有这一条。下线后，用户立刻被转入二级隔离区，数据被清除，时间戳也被抹去了……"

林曦忽然有了一种似曾相识的感觉。他问柳德米拉："你说，这里是你和小楞最后见面的地方？"

"是的。那时候，他说我已经学成出师了。他不打算再收徒，而是想要像回归树根的秋天落叶一样，在这里长眠。"

"你的剑术都是他教的吗？"

"是的，但他从不把这叫作剑术，给我安排的训练名称也都很古怪，叫什么'放单飞''双人编队''领域飞行''打地靶''单环''双环''萨奇剪''殷麦曼翻转'……"

听到这里，答案已经在林曦心里逐渐浮现。他双手微微颤抖，但无法否认这个不可思议的事实。

"就这样，我跟他修行了大概一年吧，就成了全服排名第二的玩家。大约三年前，准确地说，是2029年2月，他就突然来和我告别，只给我留下一句话：如果战争爆发了，可以找他，他会和我一起打败敌人，让祖国的山河获得安宁。"柳德米拉困惑地看着林曦，"你怎么了？怎么在发抖，是体感校准出问题了吗？"

林曦苦笑道："我知道你要找的小楞是谁了。"

"真的?! 他在哪儿？"

"他已经去世了。"

"是指在游戏中，还是……"

"他在现实里去世了。同时，游戏里的数据也被我抹消，唯一的副本保存在上海灵境创业园的'数字陵园'里。"林曦说，"现在我明白了，小楞这个名字确实是他才能想出来的。在中国东北方言中，'楞'就是鹰。我爷爷就被他的战友称作'小鹰'。八十年前，他是中国志愿军的一名战斗机飞行员。"

柳德米拉惊讶地睁大了蓝色的眼睛。

这时，林曦身旁闪过一道传送的白光，一个刚注册的新手玩家从天而降，落在两人面前。这人没有用游戏里赠送的虚拟形象，而用的是BMI头盔扫描用户脸部建立的拟真形象。因此，林曦一眼就认出了他——

"秦——秦川?!"

"林师兄！总算找到你了！"秦川紧紧握住了林曦的手。即使没有触感，林曦也感到了对面传来的强烈焦虑。

2月8日，Alicezon在线运维环境

两小时前，在发现META手机的网速异常后，秦川马上便

想到了林曦。

他想到林曦辞职下海的时候曾告诉自己：如果以后遇上技术问题，可以来元宇宙Alicezon里找他。现在问题来了，而且命运攸关，他只好厚着脸皮来求助。

"你的意思是，'星链'只给META手机单向开放了五分之一的带宽，而总流量的五分之四都不知去向？"林曦说，"这么大的发现，你不去跟司令汇报，跑来跟我说个啥？"

"说过了，你爹不信嘛。"

"那个老顽固……这里不方便。咱们换个地方说。"

林曦跟柳德米拉打了个招呼，然后在空中轻点几下，调出系统控制台输入指令。瞬间，两人就被传送到了Alicezon的主世界之外，来到一片无边无际的黑色虚空中。

"这是哪里？"秦川问。

"在线运维环境。这里是我新建的空白场景。"林曦回答，"这样我们的聊天内容不会汇入主服务器，或许能暂时躲开北约的网络机器人的监视。"

"管理员果然方便。"秦川感慨道，"不像我，为了拿到这个什么传——传送卷轴，我特么还在新手村打了半小时的怪。"

"我不是管理员。"林曦说，"对了，虽然这是开发者环境，但Alicezon的全部代码早就卖给META公司了。所以，涉密的，都别在这儿讲。"

"当然不会。我只想问个问题而已。"

"什么？"

"Alicezon这个名字，有什么特殊含义吗？"

"你费那么大劲找我，就为了问这个？"林曦皱眉道，"而且我也没法回答你。"

"啥？这游戏不是你做的吗？"

"我设计的游戏叫《归离》，那是2025年夏天的事了，本意是想缓解我爷爷的老年痴呆症，后来发现它竟然还有临终关怀的效果。年轻人不喜欢这样的游戏，我们赚不到钱。公司差点破产时，一个叫彼得的朋友找到了我，他是META公司的商务代表，给我们送来了救命钱，还帮我们完成了市场转化，在《归离》的基础上加入了战斗系统、金融系统、繁衍系统、公会与选举系统，然后接入了META的元宇宙生态圈……这样才有了Alicezon。"林曦说，"扎克伯格给我们的元宇宙取这个名字，大概是想到了'梦游仙境'的爱丽丝吧……"

"但从一位朋友那里，我听到了不同的说法。"

"哦？什么说法？"

"他说，这个名字来自美国国防部高级研究计划局[1]在六年前启动的一项研究，其名为：Artificial Labile Intelligent Cyber-

---

1. 美国国防部高级研究计划局（Defense Advanced Research Projects Agency），又称DARPA，成立于1958年，是美国国防部属下的一个行政机构，负责研发用于军事的高新科技，使命是"防止美国遭受科技突破的同时，也针对我们的敌人创造科技突破"。

based Exterminator，即基于网络的高适应性人工智能歼灭者。首字母缩写，A.L.I.C.E.。"

当秦川说出这个代号时，他故意放慢了语速。每个字母都像是一把大锤，重重地砸在林曦的胸口。

"你……不是在开玩笑吧?"林曦喃喃道。

"你看我像是开玩笑的人吗?这消息保真，但来源你就别打听了，太敏感。"秦川说，"怎么?你想到什么了吗?"

"嗯。但在这里不方便说。"

"你可以换种方式告诉我。"

"嗯……那就拜托你两件事吧。"林曦说，"第一，请你联系上海灵境创业园的数据托管中心，让他们打开数字陵园，把用户UID：0000001转移到一个独立的联网电脑上，并告诉我IP地址。"

"好，我现在不在上海，不过我可以拜托一个朋友帮忙。"

"谢谢。至于第二件事，就只能麻烦你了。"

"哪有什么麻不麻烦的。"

"给我爸那个老顽固注册一个Alicezon账号，说服他，把他拉到归离集。有个叫'片翼天使'的女孩在这里等他。如果他不来，就告诉他：这个女孩可能掌握着击败北约无人机的钥匙。"

2月9日，Alicezon 主世界

次日凌晨两点，林峰被秦川叫醒。他以为战局出现了突变，没想到秦川只是让他看一下META公司的元宇宙游戏。

"你小子搞什么名堂？"他瞪着布满血丝的眼睛问。

"报告首长，我联系到了一个线人。"秦川夹着两个BMI头盔说，"是个乌斯提姑娘，要向我们提供关于北约无人机的关键情报。"

"信得过吗？"

"还不能确定。但她提供的情报，和我们自己掌握的吻合。"

林峰又瞪了秦川几秒，确认后者严肃认真的态度后，才颇不情愿地戴上了BMI头盔——比一般的飞行头盔重些，而且全封闭，像是犯人的头套，足以令人产生不安的联想。十几秒后，林峰突然感到眼前一亮，一片生机勃勃的广袤草原在他眼前铺展开来。

银色的月光下，温暖的微风轻轻吹拂，芦花摇曳，在原野上形成一层层白色的波浪，萤火虫在其中追逐穿梭。远处可以看见丘陵、湖泊、河流和古朴的村庄，村里的窗户亮着橙红色

的烛火。捕鱼的水鸟成排栖息在乌篷船上，艄公靠着船桨无声安眠。

这时，林峰身后传来了刀剑相撞的清脆声响。

他回过头，看到三个精灵正扑动着翅膀，在半空中打斗。其中一个应该是秦川，头上悬着一个表示"正在录制"的红色圆点。他正和一个名叫"湛卢"的玩家组队，以二对一，迎战另一边的"片翼天使"——她穿着一身散发着圣洁银光的斗篷，身旁悬浮着六柄纤细的闪亮长剑。

"'湛卢'就是老卢。"秦川说，"这是我们刚才和线人交流的全息录像。为了保险，我把他也叫上了。"

只见"片翼天使"挥了挥手，一柄长剑飞射而出，向秦川扮演的角色飞去。

但秦川的身法很灵活。他收起翅膀做了一个俯冲，闪过了攻击，然后向自己飞行的反方向甩出一连串灼热的火炭石。飞剑被欺骗了，转了个弯，向火炭石的方向飞去，那恰好是林峰所站的地方。

林峰不自觉地向后退，只听砰的一声，他的膝盖撞上了现实中的电脑桌。

"首长小心！"秦川连忙扶住了他，"为了您的安全，我没有开启全沉浸模式，脑机接口是关闭的。请您拿上这个手柄，这个是向前走，这是跳，再转动这个可以控制飞行方向。您试试看。"

林峰试着操纵了一下手柄。他是从一线作战部队爬上来的，有三千多小时飞行经验，神经反应和学习能力都远胜于常人。很快，他就掌握了操作要领，轻轻一跳，就扑扇着翅膀悬停在了半空中。

"你们玩得很开心嘛。"他不动声色地说。

"没有没有，我们哪里有心情玩儿？这是在验证线人的情报。"秦川在半空中调出一个界面，点了几下，周围的一切顿时停滞了下来，"我再回放一下刚才的格斗，请您从一个空军中队长的视角再看看。"

林峰点点头。刚才他没留意那三个精灵的打斗，只觉得是小孩子玩闹。此时重看一遍，他的眉头渐渐皱了起来。

"如果把这看作一场近距空战的话……"他喃喃道，"首先，双机编队与目标机迎头逼近。长机分离，僚机伴攻，形成交叉迎击态势；但目标机没有上当，俯冲加速后拉起，绕到长机后方，转守为攻……"

"是的。然后我们立刻进行防御机动，做连续桶滚和'萨奇剪'，努力干扰敌机。但敌紧咬不放，很快，长机被击落。我判断难以取胜，立刻俯冲拉起，以'破S'机动反向脱离。"

林峰点点头，"这些都是近距空战的战术动作，虽然老套，但也是经典的教科书内容了。你和老卢会用，不奇怪。但为何你的线人也会？"

"不仅如此。"秦川说，"在她的暗示下，我们还发现这个游戏有大量不寻常的细节，可以说细得可怕。您再看这个……"

秦川拖动了一下播放进度条，周围的人物和场景随之加速变化，然后恢复正常。只见三个精灵收起了剑，降落在草地上。"片翼天使"示意另外两人靠近，从怀中掏出一本陈旧的羊皮卷，口中念念有词。瞬间，她面前就出现了一个明亮的环形法阵，随着她的手臂所指的方向移动。

"除了剑和弓之外，这个游戏还有'法术'。"她对另外两人说，"玩家能调用写好的法术，也可以自己创造新法术。我现在用的叫'千里眼'。魔法阵直径越大，消耗的魔力值就越多，但看到的景物就越清楚。"

"能看多远？"

"这就看你怎么用了。"她说，"像这样的小法阵，如果直接用的话，只能勉强看到十公里外的景物而已，甚至连两座靠近的房子都分不清楚。但如果你在空中高速飞行，将法阵指向飞行方向的侧面，注意，是侧面，再通过一个反卷式蓝宝石棱镜，景物一下就清晰了，你甚至能看到十公里外晶蝶的眼睛……"

林峰抬起右手，示意秦川暂停播放，"我懂了。"

"嗯。"秦川点点头，"高速飞行，侧向观测，反卷积，这很明显是在模拟'合成孔径雷达'。"

"还有其他类似的细节吗？"

"有很多。诸如'跳频干扰''有源相控阵雷达''频移假目标'和'分布式态势感知'等，我都找到了对应的法术。"秦川严肃地说，"定量分析的话，'西风猎弓'的射程，恰好是R-73空空导弹的二十五分之一；'千里眼'法阵的目视距离，也恰好是美军APG-77机载雷达的二十五分之一。玩家携带的羽箭数量、法杖里的魔力值，也能和几种战机的载弹量、雷达功率对应……"

"你的意思是，这个游戏中的武器、法术，都可以在现役装备里找到成同一比例的对应物？"

"是的。等比例放大二十五倍后，这个虚拟世界，等同于真实的空中战场。"

"这个游戏运营多久了？"

"五年。"

林峰缓缓放下右手，沉默了片刻，然后说："整理一份简报。秦川，我昨天可能错怪你了。"

2月9日，巴尔涅茨克特区

在秦川汇报的时候，林曦与柳德米拉一起在归离集等待了片刻。很快，秦川给他回了信，只有短短四个字："他明白了。"

"明白了？明白到什么程度了？真明白还是假明白？"林曦急切地询问，"还有，他会进来吗？需要我给他分配一个Alicezon账号吗？"

没有回答。

林曦沉默了片刻，然后自嘲地摇了摇头。

他不知道自己到底在期待什么。难道是期待那个老顽固理解自己，回心转意吗？真是笑话。

何况，自己为何要参与这场战争呢？他早就从部队离开了，很少回国，已经算半个世界公民了，而老顽固也不是在祖国的领土上作战，就算战败了也不会有什么严重后果。自己为什么还要那么积极呢？

他看了看旁边的柳德米拉。少女的眼睛里似乎看不出什么情绪，也许，是因为Alicezon的图形渲染还不够细致，没法反映人类表情的细节。但他知道，这个女孩有一种他没有的坚定而炙热的东西。她失去了一切，却没有顾影自怜，而是用自己的方式继续战斗下去，不管是在游戏里，还是在现实中。

这让他有些钦佩，也有些惭愧。

无论如何，他已经点拨了秦川，也让老顽固意识到ALICE系统的存在了。他已经对乌斯提尽了责任，对柳德米拉，也尽了责任。现在小楞已经找到，支线任务完成，是时候考虑撤退的安排了。

"现在公司已经不可信任，美国也去不得了。只能联系中国大使馆，尽快回国。"他思考着，"待会儿，先和彼得一起把行动不便的柳德米拉移到地下防空洞，给她找到足够的营养针和药品，请那个老医生照顾好她。然后……"

"林！林！快醒醒！"

忽然，林曦听到一阵缥缈而焦急的呼喊声，同时感到身体在晃动。他急忙调出菜单，点击退出。虚幻场景化作数码碎片消散了，他的眼前重新笼罩上了黑色的现实。

轰！一声巨响，一股灼热的气浪扑面而来。

林曦还没来得及感到疼痛，就被一双大手推下了床。与此同时，他听到了玻璃破碎的声音，以及弹片打在医院外墙上发出的让人头皮发麻的响声。他脱下BMI头盔。只见窗外有无数火花在飞溅，仿佛在开一场烟火晚会。这是末敏集束炸弹的功力。在一个足球场的范围内，所有的车辆都被炸成了地狱的熔炉，汽油燃烧和弹药殉爆的火球接二连三地腾起……

"怎么回事?!"林曦问。

"有一个政府军小队朝医院开过来了！"彼得躲在床底下大喊道，"无人机发现了他们，正在空袭……我的上帝，又来了两架！"

他的话音未落，又是两声轰响。两枚智能小直径炸弹从黑夜中落下，第一枚击中了对面居民楼的承重墙，仿佛拆迁时的定向爆破，楼体顿时垮塌下去。第二枚炸弹摇晃着弹翼，穿过楼房倒塌时扬起的尘土，精准地钻进地下停车场的通风井。顿时，浓烟从几个通风井中滚滚涌出，很快，浓烟就变成了暗红色的火焰。氧气迅速被消耗，地下空间里没有任何生命能存活。

"那里是地下防空洞……"林曦顿时攥紧了拳头，"那都是平民啊！"

"AI的甄别算法还不够完善。目标逃进了地下室之后，AI就只能无差别打击了！"彼得喊道，"快走吧，我可不想当下一个！"

林曦回头看了一眼柳德米拉，犹豫了片刻。自从得知爷爷是她的"师父"，这个乌斯提女孩与自己的距离就近了几分。他感到某种炙热的东西从爷爷那里传到她身上，又从她那儿传给了自己。他有种预感，如果现在离开，那种东西就会永远丢失了。

这时，楼梯口突然响起纷乱的脚步声，以及叽里咕噜的俄语口令声。手电筒的白光在临终关怀室外的走廊上晃动。

"该死！"彼得咬牙，"这下走不掉了！"

那群士兵步履踉跄地走进了走廊。看到他们的动作，林曦判断他们并不是来找自己麻烦的。他们有五个人，能自己走路的只有三个。弹片和白磷在他们身上留下了可怕的伤口。即便是受伤最少的，也浑身布满了焦黑暗红的血迹。他们挨个搜索房间，当走到临终关怀室门口时，他们吓了一跳，但看见林曦和彼得友善的手势后，便垂下枪口，叽里咕噜地说了起来。

"他们说，自己是政府军的一个特别行动小组，追踪一个信号来到这里，但被北约空军发现了，请我们救一下他们的伤员。"彼得翻译道，"这是把我们当成医生了！"

林曦指了指床上的柳德米拉，又指了指自己，手舞足蹈地比画了一番，终于说明了自己是病人的"家属"，并不是医生。

"他们又说，请我们帮忙看着他们的重伤员，他们还要去完成任务！"彼得说。

"要去哪里？"林曦蹩脚地说了一句俄语。

为首的士兵指了指天花板，用同样蹩脚的英语说："A crashed UAV！"

"他的意思是，有一架无人机被击落了，坠毁在顶楼？"彼得的瞳孔顿时颤抖了几下，"他们是去查看无人机残骸的？"

"应该是这个意思。彼得，你在这里守着柳德米拉，我跟他们上去看看。"

彼得腾地一下站起来："林，还是我去吧！"

"没事的，你就别逞英雄了！"林曦说，"别忘了，我以前研究的就是无人智能空战，我去看的话，说不定能找到北约无人机的弱点。待会儿我们逃跑的时候，就会多一丝生机！"

"可是……"

"放心吧，我死不了的！"

说罢，林曦转身出门，跟着那三个乌斯提政府军走上了通往楼顶天台的楼梯。

刚走到天台，林曦就看到了散落一地的金属碎片、塌陷的楼板，以及塌陷处那一堆硕大的黑色残骸。那是一架MQ-58无人机。因为速度不高，机体都还基本保持完整，没有起火和爆炸。林曦注意到，飞机机头的残骸里有一堆散落的电子设备，其中有一个他很熟悉的装置。他向前走了一步，想再看清楚些。

"Stop！"一个政府军士兵抬起枪口。

林曦只好举起双手站在一旁，眼看着政府军士兵拆解那些电子设备。他认出了APG-77雷达、敌我识别应答机、高频干扰机等，还有一个半球装置——它和人头差不多大小，看起来就像一顶放大版的BMI沉浸式头盔，表面除了复杂的电缆和接口口盖外，还有许多输液管道。在这个装置中央，政府军士兵抽出了一个手臂粗细的圆柱体，用于保护它的液氮早已因为管道破损而蒸发。

"类脑计算芯片！"林曦惊呼。

他很熟悉这种芯片。在Alicezon，在现实中去世的玩家会被移入"数字陵园"，在那里就装有大量的这种类脑计算芯片。他开发的AI自主学习算法，也是基于这种类脑芯片实现的。

林曦还没来得及多看上一眼，政府军士兵就抱着那些设备一瘸一拐地离去了。但林曦心里已经确认了秦川此前的猜想。

Alicezon，ALICE，基于网络的高适应性人工智能歼灭者，采用的正是他当年提出的机器学习模式。计算机硬件是在"数字陵园"里的类脑计算芯片。而训练数据的来源，则是Alicezon的数亿玩家。

他心情复杂地走下楼梯，回到临终关怀室时，彼得正把手机塞进衣服口袋里，屏幕还亮着，似乎刚结束一个通话。

"联系到大使馆了吗？"林曦问。

"出了一些状况。"彼得含糊地说，"林，恐怕我们得在这里多待一段时间了。"

林曦轻轻点点头，"我也出了一些状况。正好，我可以在Alicezon里沉浸一段时间，把那个状况处理好。"

"林。"

"怎么了？"

"你还记得你说过的理想吗？那个在虚拟现实里建起巴别塔的理想？"

"当然。"

"和你一样，我也是从军队里出走的，所以我特别理解你。任何战争都是不正义的。无论是哪一方，手里都沾满了无辜者的鲜血。"彼得紧紧握住林曦的手，目光里写满了真诚，"所以，不要把你的才华放到战争的天平上。你的才华很重，足以令天平倾斜，但无论它偏向哪一方，都会让非正义的暴行持续下去，也会给你自己引来灭顶之灾。我不想那样，你明白吗?"

"我明白。"林曦也用力握了握彼得的手，"为了那个理想，我会努力保持客观的。"

2月9日，东乌斯提空军指挥部

清晨时分，林峰回到战情室，手里攥着秦川刚写好的简报。

为了防止误判，他又召集众人开了个短会，经过紧张的讨论，很快对简报形成了结论：敌方的无人机指挥官ALICE，很可能是用游戏Alicezon训练出来的人工智能。

用网络游戏来辅助科研并不是什么新鲜事情。早在2019年，华盛顿大学贝克实验室就开发过一款名叫Foldit的解谜类小游戏，用广大玩家的智慧来训练人工智能，最后再用它解析蛋白质的三维结构。这个游戏战果辉煌，曾在十天内破译了悬置十五年的艾滋病病毒蛋白Retroviral Protease。那是有史以来共同作者最多的科研论文，在《自然》杂志的作者栏里，赫然写着"五万七千多名Foldit游戏玩家"。许多游戏迷都对此津津乐道，儿子林曦在填报高考志愿前，就是拿着这个例子来反驳自己的安排的……

想到儿子，林峰的嘴角不禁抽搐了一下。

儿子没有走上正道，这是他心中一直以来的隐痛。

其实这种情况在部队里并不罕见。许多人工作干得出色，家里却一团糟，子女沉迷游戏居多，打架斗殴也有不少。林曦小时候天资聪颖，考试总是第一，是部队大院里的"别人家孩子"，自己脸上不知有多光彩。但最后，他还是被电脑游戏勾走了魂。

林曦开始"沉迷"电脑游戏是在初三的时候。此前他对游戏并无兴趣，觉得被别人写的代码牵着鼻子走是件很蠢的事；同样地，他对于军事、武器也嗤之以鼻，这让他在部队大院的孩子中显得格外孤僻。林峰记得，第一次乌斯提战争爆发的时候，有一天，林曦头破血流地放学回家，说是因为在学校多说了几句，被同学打了。

"我只是告诉他们，暴力不能解决任何问题。"林曦说。

"你说得没错，但世界上绝大部分事情，都不是逞口舌之快就能实现的。"他的母亲如此教育他，"如果你想追求什么，想改变什么，就要看准方向，选好道路，然后用你的整个人生去为之努力。"

也许正是听完母亲那番话之后，林曦有了自己的想法。

他开始研究人工智能，沉迷于元宇宙游戏，但不是在玩游戏，而是沉迷于游戏背后浩如烟海的代码中。十五岁那年，他参加了信息学奥林匹克竞赛，从全市冠军一直拿到国际金牌，最后还被中科大少年班录取了。为了奖励他，妻子瞒着自己，给儿子买了一台游戏主机。没想到他很快就把主机拆了，装上了用压岁钱偷偷买的双路TensorFlow芯片、四路RTX4090Ti显卡。他用这台"怪物"级主机训练人工智能模型，一天就用掉了一个月的电费。被发现后，父子间爆发了激烈争吵……最终，他还是服从了自己，卖掉了那台"游戏机"，剃了寸头，走进军校。但那种天马行空的思维方式，还是令他在实用主义盛行的军校里显得格格不入。所幸，林曦聪慧过人，就像他的母亲一样，很快崭露头角。要不是后来退伍创业闹出的风波，他可能会接替他母亲的位子，甚至成为军校里最年轻的研究员。

妻子黎旭是空军大学的研究员，也是国内第一个实现"AI自主空战"的人。在一次试飞中，她坐在战机后座，让飞行员"撒手不管"，放手由AI驾驶飞机进行一场二对二空战，但AI却突然发狂，飞行员干预失败，战机失控进入尾旋。在弹射逃生时，她不幸撞在了战机垂尾上，事后只找回了一小半的躯体。

黎旭被追授了共和国革命烈士勋章。当他将那冰冷的勋章和骨灰盒一起拿回家的时候，儿子不在，只看到桌上有他留下的一张字条。他知道儿子彻底和自己决裂了。难言的沉默中，他看见百岁高龄的父亲颤颤巍巍地摇着轮椅走出来，穿着一身洗得发白的志愿军军服，向黎旭的遗像敬礼。

"平河……从戎……梅生……雷公……老连长……"老人低声念叨着。

他知道，父亲的老年痴呆症又犯了。

父亲是受过毛主席接见的老英雄。家里最醒目的位置挂着一幅黑白照片，就是他站在米格-15战机座舱旁的英姿。但英雄垂暮，现在他下床都难以自主，还患上了严重的老年痴呆症。犯病最严重的时候，他把家里的盆栽土摆成了十五个坟包的形状，放上十五副碗筷，还要点火给战友们烧纸钱。以前是妻子帮忙照料老人，现在她不在了，林峰又长期出差在外，只好请护工帮忙。护工换了好几个，每个都落荒而逃，最后他不得不将父亲送到敬老院，直到去世。

在父亲去世前，他听说林曦回了老家，在敬老院陪老人走完了最后一程。当时他还以为那小子良心发现，但后来才得知，林曦是和他的创业团队一起来的，带着BMI头盔，说要为爷爷做什么"临终关怀"，还扫描了逝者的大脑数据。这让他勃然大怒。

"你爷爷是英雄，妈妈是烈士，你却成了逃兵。现在，还成了吃里爬外的贼！"林峰打电话怒斥道，"你不是不认我这个爹吗？好，那我也没有你这样的儿子！"

从那时候起，儿子就再没和他说过一句话。

不仅如此，他认识的不少同事子女都出现了类似的情况。

有人跑了，有人移民了，有人和父母决裂，有人宁可蹲在家里也不想上班，有人油头粉面赚得盆满钵满……

儿子是怎么了？社会是怎么了？这一代年轻人是怎么了？

"首长！首长！"

秦川的话音响起，将林峰从恍惚中拉回现实。

"二号首长来电。"秦川捧着那台红色卫星电话，"他说看了我们的简报，要和您讨论下一步作战计划。"

林峰点点头，接过电话，"简报里的那个方案，你觉得技术上可以实现？"

"可以，我咨询过林……咨询过这方面的专家。"秦川想起这两人糟糕的父子关系，把说了一半的话憋了回去，"专家说，这个方案技术上是没问题的，但需要巨量的资源。我们现在要和二号首长争取的，就是这些时间和计算量方面的资源。"

"好，我尽量。"林峰深吸一口气，接听了红色电话。他向二号首长简要汇报了最近两天的战况，然后作势要将电话递给秦川。

"二号首长要了解一些技术细节。"林峰皱眉望着秦川，"你行吗？"

"我……"秦川咬了咬牙，说，"专家跟我讲过。"

"理解了吗？"

"我……可以现学现卖。"

"好吧，也只能这样了。"林峰叹了口气，"注意措辞！宁少勿多，不确定的不说，不理解的也不说，免得影响首长决策。明白了吗？"

"明白。"

"好。"林峰点点头，把电话交给了秦川。

秦川拿起话筒，深吸一口气，说："首长好！"

"秦博士你好。呵呵，别那么紧张。我看了你写的简报，写得很好，但我还有点疑问。事关重大，你要把方案给我讲透了，说明白了，我才敢拍脑袋。"

"明白。但专业性比较强，解释起来可能会耽误一点时间。"

"没关系。我是清华自动化系毕业的，比例积分微分之类的，应该还没完全还给老师。"

"谢谢首长！那我就长话短说了：敌无人机群的人工智能指挥官'ALICE'，是一个由蒙特卡洛模糊搜索－估值网络、动态生成对抗网络和类脑相量图式模式识别组成的全域自主作战指挥系统。"

"……解释一下吧。"

"是。简单来说，这是目前最先进的人工智能指挥官，比击败人类围棋世界冠军的'ALPHA-GO'先进两代，比元宇宙建筑师'ALPHA-CRAFT'先进一代。尽管如此，二者的机器学习框架有相似之处。"

"机器学习,这我是知道的。火车站的人脸识别就是用了机器学习。"

"是的。最经典的机器学习案例就是'人脸识别'。通过大量样本的'训练',得到一个非线性映射……或者说,一个对应关系,将一个特定图像'投影'为一个超平面上的特定坐标。"

"举个例子?"

"是。比如让AI区别'猫'和'狗',其实是要获得一个多元非线性函数,能将每个照片的色相、灰度、饱和度、梯度等输入数据变换为一个输出值,如果这个值大于0,就是猫;小于0,就是狗。"

"这个我大概理解。"

"但是,非监督式的机器学习还会遇到一种有趣的情况……还是拿猫狗识别举例吧。我们发现,如果把训练集的数据从'图片'换成'视频',训练出来的AI就会出现大量识别错误。"

"这很不对劲。"

"是的,很不对劲!按理说,视频的信息量更大,训练效果应该更好才对,但结果却恰好相反。"秦川说,"我们分析了很久才发现原因:视频信息里有'对抗样本'。"

"对抗样本?"

"是的。它是一种在输入数据中故意添加的特殊干扰,能导致人工智能算法以高置信度给出一个错误的输出。"秦川说,

172

"具体到猫狗这个案例上，我们最后找到了对抗样本的所在：声音。在给算法喂数据的时候，我们忘了剔除音频信息，导致训练获得的算法把98%的判定权重都放在了猫、狗叫声的区别上。如果用它来识别没有声音的图片，它是能靠那2%的剩余权重正常运作的。但是……"

"如果我给它一张狗的图片，却放猫的叫声，它就会误判？"

"是的！它将以极高的置信度，给出一个完全错误的结果。"

"嗯，讲讲你的打算吧，具体些。"

"是！回到眼前的这场战役上。我们刚刚见到，敌无人机编队的指挥对我们的战术动作有极为精准的预判，甚至是'预判了我们的预判'，这一切都要基于模式识别。敌人再怎么聪明，也首先要做模式识别，从上千个战术单元的运动中判定我们的攻击模式，识别出我们的主攻方向。这个过程非常非常复杂，但归根到底，和区分阿猫阿狗没什么不同。"秦川说，"我们想做的，就是找到一个针对性的对抗样本，把'人工智能'变成'人工智障'。"

"这个对抗样本，你要多久才能找到？"

"这个……"秦川犹豫了一下，"这通常是一个研究室一个月才能完成的工作。如果投入所有资源的话，也许，两周……"

173

"五天。"林峰打断了秦川的话,"照目前的国际局势,我们只有五天。"

沉默持续了不到三十秒。然后,红色电话那头传来一个坚定的声音:

"好。五天后,我等你们的答复。"

一丝量子信号从乌斯提以光速传回北京。它就像一粒白磷落入湖水,在和平而宁静的水面之下,燃起了一片不为人知的火焰风暴。

一场奇特的战争在夜幕里展开:凌晨时分,数十个高校教授和研究所负责人被电话从睡梦中叫醒,睡眼惺忪间,他们听到了几个词,眼睛顿时变亮了,睡意一扫而光。在天亮之前,他们就被军车送到了北京市郊的某栋没有门牌的陈旧大楼里。他们听取了情报,向军委首长介绍了自己的思路,简单讨论了方案,然后便全力投入到寻找ALICE对抗样本的紧急科研攻关中去。

当然,这一切都是在高度保密中进行的。教授和研究员们被临时"软禁"在这栋陈旧的苏联式大楼里,彼此隔着厚厚的茶色玻璃,手机也被没收,只能通过有监听的座机电话与外界联系。因为这里完全与互联网隔绝,无法登陆Alicezon,所以对抗样本的验证工作就只能靠其他人来完成了。

他们的研究生、下属职员怎么都不会想到,老板竟然让自己在这几天的时间里疯狂地带薪玩游戏，而且还是玩最时髦的Alicezon，只不过要用老板规定的方法来玩儿，而且还要及时反馈游戏结果。他们大多不知道自己在干什么，只有最聪明的人才会注意到，他们老板让他们"玩"的方式暗藏玄机。

清华大学某课题组选择了"白盒攻击"策略。所谓白盒攻击，就是攻击者掌握全套的目标算法，了解所有细节，让这个算法本身训练出自己的敌人。他们用了一些手段，从林曦当年的创业伙伴那里搞来了《归离》的全套源代码，从中分离出了角色行为模式学习的算法，认为这就是让无人机不断进化的根源。他们将这套算法注入了Deepfool程序，用超级计算机跑了两天一夜，终于生成了第一个完整的对抗样本：当飞机以正8字绕圈前进时，AI就会将它误判为友军而不予攻击。

他们兴冲冲地将这个结果发给前线，让乌斯提空军组织了一次小规模的出击，但立刻迎来溃败。无人机根本没有被这种奇怪的8字舞迷惑。在付出了一个小队覆灭的代价后，"白盒攻击"的研究被叫停了。

华为研究院的"领智"团队选择了"黑盒攻击"策略。他们认为"白盒攻击"是无效的，因为敌人不可能完全照搬Alicezon的人工智能，一定做了针对性修改。诸如梯度掩码、去噪、随机化等都是常规做法，做过专门的反对抗训练也不奇怪。它就像一个经过多重加密的保险箱，研究者能做的只有敲打它的锁头，根据回声来判断锁芯的结构。这种对抗方式计算量极其巨大，而且需要非常频繁地访问Alicezon服务器，稍不小心就会被当成恶意玩家封禁，甚至引起敌人网络部队的注意。两天后，他们只能粗略地确认：北约无人机的指挥AI中含有模糊因子，在一个确定的输入下，输出是部分随机的。因此，哪怕找到了对抗样本，对抗也不总是能生效。

腾米公司"天擎"实验室更是直接躺平，放弃了研究。他们认为，短短五天时间根本不可能破解北约用数十亿人·时训练出来的人工智能体系，这种寻找对抗样本的行为是不尊重客观规律的做法。当了解到没有足够的计算资源后，他们立即明哲保身地退出了这个项目。

空军战术研究所则另辟蹊径，想要寻找一种能让敌指挥官错判战场局势的干扰措施。他们直接将军用级的电子干扰战术搬到了Alicezon里，努力通过大量制造假目标、伪造高价值目标，让敌人误判我军的主攻方向。这也是林峰、秦川这几天在乌斯提战场上总结的方案。在众多研究组中，他们是唯一一家不占用任何计算资源的。但指挥官的战争经验似乎也碰了钉子，在Alicezon中，这些在兵棋推演里战无不胜的专家竟然被一群妖精、魔龙和幽灵打得溃不成军。

在重复几十次失败后，秦川躺在指挥所里，蓬头垢面，两眼发黑。

此时，距离开战已经过去了三天。北约的轰炸越来越密，头顶传来炸弹在附近山头上爆炸的隆隆轰鸣，仿佛报丧的钟声。时间已经所剩无几。他忍不住想：腾米的家伙说的也许是对的。想要用五天时间破解美国佬花费数年打造的人工智能体系，这是彻头彻尾对客观规律的不尊重。

可是，现在哪里有尊重客观规律的解答呢？

秦川忽然想起那个天使般的乌斯提女孩，还有林曦提起的那个小楞。那女孩说自己手里握着结束战争的钥匙，但必须要和小楞一起打开。

"难道那个小楞掌握了敌人的弱点吗？"秦川如此想着。抱着死马当活马医的心态，他拿起手机，给林曦发了一条短信。

2月11日，Alicezon 安东机场副本

早上天还没亮，林曦就收到一条短消息。

发件人是秦川，称小楞的数据已经被他的朋友从上海灵境"数字陵园"中恢复了，若自己有空，他想在那里和自己见一面。

林曦大喜，马上拿起头盔登录了Alicezon。

按照林曦在公司里定下的规定，去世玩家的游戏账号应当要被永久封存进"数字陵园"。那里和互联网是物理隔离的，

死者的用户数据都按照商业秘密进行管理。要想祭拜的话，只能预约前往公司地下的机房，在指定的终端机上与逝者对话。林曦远程访问其实违反了自己定的规矩。但事情紧急，他也顾不得那么多了。

进入游戏后，一片白茫茫的眩光照来，晃得他忍不住眯起了眼睛。

这里是一个简易机场。地面没有水泥，而是被仔细平整过的碎石和泥土，上面盖了一层薄薄的积雪，反射着地平线上苍白的阳光。机坪上停满了米格－15战斗机，它们的金属外壳反射着阳光，仿佛在白布上一字排开的银光闪亮的匕首。

待视力恢复正常后，林曦看到一架战机的机翼下蹲着两个人。一个是柳德米拉，另一个是大约二十岁出头的黑发青年，穿着50式飞行服，别着地图夹，戴着苏式飞行帽。他大概就是小楞了。柳德米拉已经用黑客手段先自己一步找到了这里。此时，她正在和小楞聊天。

"要是有猪肉炖粉条就好了。哦，你知道粉条吗？那是用红薯面做的，可香了。每次出击之前，炊事员总会给我们盛上热气腾腾的一碗。"

"我最喜欢吃提拉米苏。"

"提拉米……什么？你们苏联人的东西，我没吃过，但肯定不如白菜饺子好吃。饺子是天底下最美味的东西……"

"我也喜欢饺子。但做法和你们不一样，里面是剁碎的牛肉，拌一点黑胡椒、鸡蛋，还有蘑菇、洋葱、芜菁……"

"哇，你们可真阔绰！"

"那都是以前啦。现在，我们国家打了好多年的仗，年轻人都上了战场，老人和孩子都躲在防空洞里，到处都是瓦砾和地雷，一瓶干净的水，加一片硬邦邦的黑面包，就算是最好的午餐了……"

"别难过，姑娘，要相信未来，以后一切都会好起来的！等打跑了帝国主义，我们要好好地建设自己的国家，饺子想吃多少都管够！在那之后，我……我想，请你去我家看看。我们要一起包饺子，中国的饺子，苏联的饺子，还有那个提什么苏，都要各自包上好大好大的一盘……"

林曦站在一旁听他们唠家常，心底有种难言的悲伤流过，不知不觉忘记了时间。这时，柳德米拉一抬头看见了林曦，冲他挥了挥手。

"哟，你就是来支援的同志吗？"小楞也站起来，冲自己敬了个礼，"空四师十二团大队长，林飞虎！欢迎你加入！"

林曦有些尴尬地回了一个军礼。不管多少次来到这里，在青年版的爷爷的气势下，自己都摆脱不了变成一个小兵的感觉。他反复告诉自己，这个小楞只是机器学习留下的"残影"而已，无论多么栩栩如生，也只是按照死者生前习惯而行动的电子幽灵。

这幽灵在六年前就已经存在了。在爷爷老年痴呆症发作的时候，林曦就会帮他戴好BMI头盔，让他得以"回到"1952年的安东浪头机场，重温驾驶米格-15战机的火热青春。他一遍遍地从这里出击，一遍遍地与那个叫艾维斯的美国空中王牌厮杀，直到其中一方从天空中坠落为止。在弥留之际，他实现了心愿——人生的终点不是在弥漫着药味的病房里，而是在祖国的蓝天白云之上，在最后一场战争中被最后一颗子弹击中……

"全体都有！"爷爷大声喝道，"立正！"

林曦本能地绷直了身体。离开部队多年后，他的动作仍然像条件反射般迅速。

"稍息。接到上级命令，我部将在今天对洞勾、洞拐地区执行制空巡逻任务。"爷爷炯炯有神的目光依次扫过林曦等人，"今天，是你们第一次走上战场的日子。你们刚刚走出航校，就要面对强大的美帝国主义。他们既是纸老虎，也是真老虎。他们的作战经验比我们丰富，但是，他们的背后没有祖国的大好河山！同志们，你们有没有信心？"

"有！"

林曦侧头一看，只见柳德米拉身旁多了一个人，正是秦川，不知是什么时候找来这里的。他朝自己挤了挤眼睛，似乎有话要对自己说。

"很好。全体都有，整理着装，准备出击！"

砰！一颗信号弹射上半空，拖着烟迹缓缓飘落。三架米格-15发出尖锐的嘶鸣声，一齐滑上跑道，排成"品"字形滑跑加速，冲上蓝天。

看到秦川的表情，林曦以为他成功了。短短三天，他的团队就找到了ALICE系统的对抗样本，而这次是来向自己展示研究成果的！

这怎么可能?!哪怕秦川有全国几十个团队的支持，林曦也不相信，就好像不相信一个平平无奇的大学生不可能突然证明了黎曼猜想一般。这不是靠勤奋或灵机一动就能弥补的鸿沟，从数学上看，三五天内找到对抗样本是根本不可能的事情。

但是，万一呢？万一有奇迹呢？

抱着试试看的心态，林曦在空中轻点几下，调出控制台，稍微调整了一下敌机的参数，让它与北约的MQ-58无人机相匹配，以模拟真实战场环境。

朝鲜战争时期的空战基本都是视距内机炮格斗，又称"狗斗"。在现代战争中，这种近距离格斗已经很少出现，大部分的战斗都是用空对空导弹在几十、上百公里外解决的。但由于激光拦截系统和隐身技术的应用，导弹的效用急剧下降了。在乌斯提战场，北约的MQ-58无人机和乌斯提的SU-57战机往往接近到四十公里内才能发现彼此。经过一百年的螺旋式发展，空战又回到了"狗斗"这种最原始的形式。

"注意，六点钟方向！发现敌机！"

天边的乌云里出现了数十个小光点。一个中队的F-86战机排着箭形阵从云中钻出，向他们四人扑来，机头的涂绘让它们看上去像一群张牙舞爪的恶鲨。林曦看了一眼秦川，等着他露一手。但他居然没有动作，一轮机炮扫来，他的座机被击中，冒着黑烟坠落了下去。

"我去，上来就白给啊！"林曦心里渺茫的希望被瞬间戳破，"我都说了，这么短时间，你是不可能找到对抗样本的！"

"咳咳，我……我是没找到……但是……"秦川说，"你说有没有可能……这个小楞就是ALICE系统的软肋呢？"

林曦转头望向敌人来袭的方向。只见柳德米拉和小楞默契地配合着，前者故意在敌机正前方的低空机动飞行，而后者则猛然向上拉起，躲进了云中。敌机似乎上当了，没有改出俯冲，而是打开减速板，试图追击在低空盘旋的唾手可得的目标。这时，小楞从云中俯冲而下，机炮扫过，两架敌机冒着黑烟坠落下去。

"看吧！他很强，比我们很多飞行员都强。如果把它装到战斗机上……"

"现实一点吧，秦川。小楞已经去世好多年了，现在的它只是一个无法解读、无法控制的电子幽灵而已。"林曦猛地拉杆，一边和敌机格斗，一边喊道，"别忘了我母亲的事情！就算把它安装到战斗机上，它也不会受你的控制，只会按照生前的执念不计后果地行动，害死更多人！"

"但我们总得试一试吧！乌斯提是我们的邻国，如果我们坐视不管，那么下一次战火就将烧到我们的国家。我们现在已经没有退路了!"

"这两件事根本没有可比性……"

"师兄，你还不明白吗? 乌斯提军队的指挥系统是仿照我军建立的。几天前，我在指挥所亲眼见证了这套系统的溃败! 如果他们继续败退下去，就等于告诉全世界——我国的领空在北约无人机面前是敞开的，是不设防的。这之后会发生什么事，你还不清楚吗?!"

"等等——你刚才说，你现在，在乌斯提?!"

通信里传来长时间的沉默。秦川不小心说漏了嘴，后悔不迭，只能祈祷这个游戏副本没有被北约网军的黑客渗透。

"其实，我也在乌斯提。"林曦说，"我被困在巴尔涅茨克特区，和这边叫'片翼天使'的姑娘一起待在市中心医院里。"

"老天……我这就去联系大使馆!"

"估计很难了。现在这里战况很激烈，好在我这儿粮食和水都充足，应该能撑到战斗结束。"林曦说，"至于刚才你说的那个想法，我已经有些头绪了。"

"快，给我讲讲!"

"小楞当然不是对抗北约无人机的解药。你也看到了，现在的他，也只是空战经验比我们更丰富一些、技巧更纯熟一些而已。那几个团队研究的对抗样本也不是答案——对于类脑人工智能方法，是很难找到固定的对抗样本的。"林曦分析道，

"但是，这并不意味着AI是无懈可击的。学术圈里有一句话：现在的深度学习就像和魔鬼做交易，你永远不知道拿到的宝匣里暗藏了什么诅咒。我刚刚注意到了，北约无人机内部用的是类脑计算芯片，是数字陵园里存放小楞的那种芯片，也是当年害死我母亲的那种芯片！这种芯片是非图灵的，它的对抗样本并不在它自己身上。"

"那你能帮我们找到这个对抗样本吗？这很重要！"

"对不起，我办不到。"

"为什么?!"

"你们的立场是战争中的一方。"林曦说，"若我将那个对抗样本告诉你，你有了更尖锐的矛，打赢了；然后，敌人会投入更坚固的盾；再然后，你又要升级你的矛。如此一来，战争将不断升级，无穷无尽……"

"师兄，你又糊涂了？我们可是正义的一方！"

"战争哪一方不认为自己是正义的？可结果呢？父母失去儿子，妻子失去丈夫，老人在防空洞里窒息而死，活下来的孩子只能在垃圾堆里找食物果腹……"

"你这也太幼稚了！"

"我不怪你。你身在局中，做不到客观，自然看不到通往永久和平的道路。"

秦川长叹一口气。座机被击落后，他就被系统自动传送回到安东机场副本的出生点。林曦一如既往地固执，而且糊涂，他不知道怎么才能说服对方。

这时，林曦的耳机里突然传来了柳德米拉的话音：

"小楞，你为什么要打仗呢？"

一排机炮扫过云端，最后一架敌机拖着黑烟坠落。小楞和柳德米拉的座机一左一右，在空中画了个漂亮的剪刀，靠拢回到林曦的身旁。

"为什么？很简单啊！"小楞说，"你看我们大队长，四十多了还没个娃儿，把咱们这群小兵当他娃儿了，说什么放心不下，每次分配任务都把最危险的留给自己；还有那个机修师梁大脑袋，脑袋大，思想觉悟也高，天寒地冻的，还脱了棉衣爬入飞机进气道检修。我问他为啥这么拼？他就给我看他闺女的照片，说不仅要让女儿不受地主的欺负，也要让全世界的女孩儿不受地主的欺负。我嘛，呵呵，是想让我哥瞧得起我。但这念头是经不起敲打的。不怕你笑话，第一次被敌人轰炸的时候，我……我吓瘫了，连路都走不动。当时我差点就装病回国了。"

"那你为什么不回去呢？"

"因为我的家乡美啊。那么美的地方，我不想让它遭受任何伤害。"

飞机钻出云层，在天际线上，林曦看到了远处大陆的轮廓。辽远苍茫的大地泛着青蓝，盖着白雪，就像一幅在蓝天下展开的水墨画卷一般。林曦心里突然被什么东西触动了。他想起小时候和爷爷玩耍的日子，想起安珀，想起和她在Alicezon里一起搭建的猎人小屋。屋里的炉火曾经是那样温暖迷人。

"秦川。"他忽然说，"告诉我父亲，在必要的时候，我会做我该做的事的。"

2月11日，西太平洋，冲绳列岛

与此同时，在西太平洋，另一场跨越距离的会面正在进行。

此时是当地时间正午十二点。艳阳高照，风吹云动，白云在海面投下形状各异的阴影，仿佛游弋的海兽，而点缀其上的岛屿则是待捕食的饵料。在这些岛屿之间，一架倾转旋翼运输机贴着海面飞来，后面还跟着两架超低空飞行的F-35B战斗机，它们掀起气浪，扬起水花，在蔚蓝的大海上划出了白色的伤痕。

三架飞机在一座无人岛的上空悬停。一架战机投下炸弹，用爆炸的气浪扫出一片没有碎石的平整着陆场。另一架战机放下吊舱，舱里跑出四只大狗，它们四处侦察了一番，确认没有异常后，旋翼运输机才缓缓降落。

一个穿着海军常服的白人老者走出机舱。他须发苍白，但脚步稳健，眼神凌厉。

"都准备好了吗？"他问随行的副官。

"好了，将军。星链信号稳定，加密信道已经建立完毕，BMI设备也已经架设完毕，都在那边的山洞里。"

"很好。有情况随时叫醒我。"

"帕维尔将军！我必须提醒您，您只有一个小时时间！"副官喊道。

最近，"华盛顿号"航空母舰上的官兵们都见到了一个非常奇怪的情况：一贯认真负责、事必躬亲的帕维尔上将竟然大白天去海岛上度假了，而且一连去了好几天。对此官兵们议论纷纷，甚至有传言说，他是去私会那个在横须贺认识的日本情妇了。只有他的副官知道将军这样做的用意。

斯登·帕维尔上将是个非典型的美军指挥官。他有舰载机飞行员的资历，却从没亲自驾驶战机从甲板上升空；他指挥过对伊朗的空袭，却没有下令轰炸过任何一个目标，具体的轰炸命令都是AI指挥官下达的。有人质疑他的年龄，讥讽他是个童子军，有人嘲笑他瘦高的身材和书生气的细框眼镜。事实上，他也确实是个书生——西点军校的人工智能指挥学专业聘请他担任客座教授。但他的军人履历也无可置疑。他一度出任国防部高级研究计划局局长，创立过许多新战术，包括依托岛链岛礁进行的"海上游击战"，利用可回收运载火箭进行的

"洲际斩首战"，以及依托人工智能指挥的"决策中心战"。这掀起了继"网络中心战"之后的又一次战术理念革命。总统称他是"受到战神眷顾的阿喀琉斯"。这并不是夸张。在短短十年内，他指挥过对四个所谓"流氓国家"的军事行动，无一落败，而且无人伤亡。

但是，只有阿喀琉斯本人知道，自己的脚踝上有着致命的弱点。

在研发ALICE之前，帕维尔就发现，基于机器学习的AI系统存在一座不可逾越的高峰——庞大的训练数据量。因此，当他带领团队开发出ALICE系统后，所有人都瞠目结舌。他竟然解决了数据量的难题，将"智能1.0"直接升级到了"智能3.0"。这已经不是技术突破了，而是技术爆炸！

当然，解决数据量问题的方法不可多言，这是阿喀琉斯之踵，是帕维尔心中埋藏最深的秘密。

但非常不巧，就在乌斯提战争开战前几天，一个叫"片翼天使"的黑客成功入侵了Alicezon的服务器，将这个秘密全部偷了出来。帕维尔对此大发雷霆，但他没法发动北约的网络战部队去追查，因为那个秘密一旦被国防部知悉，自己是会被送上军事法庭的。他只能偷偷联系在META公司工作的儿子，让他想办法抹除证据。这种事得避人耳目，所以，他和自己的亲信副官找了个借口，来到这个无人荒岛上。

他熟练地戴上BMI头盔，登陆了Alicezon。

短暂的失重感之后，他降落在一座古希腊风格的建筑顶端，周围是空无一人的碧蓝大海。他的儿子彼得·帕维尔已经在此等候多时。

"事情都处理好了吗?"

彼得点点头，回答道："差不多完成了。第一颗炸弹穿透了整座公司大楼，命中了地下室。我确认了毁伤效果，服务器都已经粉碎，什么都没有剩下来。但第二颗炸弹打偏了，大楼没有立刻倒塌。我马上折返回去，找到了两个幸存者。"

"很勇敢的行为。你怎么解决他们的?"

"一个被无人机打死了。另一个被我控制起来了，现在在我身边。"

"为什么不干掉他?"

"他是个天才，独自开发了虚拟角色人工智能学习系统，可以说是Alicezon的元老了，而且他很信任我，我想试着招揽他……"

"他参与过Alicezon的临终关怀项目吗?"

"临终关怀? 父亲，他就是《归离》的作者，当然参与过临终关怀的研究。"彼得说，"不过我敢打赌，他不知道我们的真正目的。"

"你想替他开脱?"

"他救了我一命。"

帕维尔叹了口气，说："彼得，我多次教育你，你却还是如

189

此天真。你以为我们真是像剧集里演的那样，是靠《圣经》征服世界的吗？乌斯提战争只是一道开胃菜，下面等待我们的很可能是第二场特拉法尔加海战[1]，你能担得起失败的后果吗？"

"他真有那么重要？"

"至少对我们很重要。要是ALICE系统的秘密被泄露，我们就完了。ALICE计划将被叫停，人工智能会被禁用，美国将被迫用无数年轻人的生命，在敌人的主场进行一场打不赢的战争。这个你明白吗？"

"……我明白。"

"那就去做吧！注意保护好自己，明天晚上，我派人接你回夏威夷。"

2月11日，巴尔涅茨克特区

"彼得？彼得！你在哪里？"

刚结束通话，彼得就听到林曦的声音从走廊里传来。他赶

---

1. 特拉法尔加海战是英国海军史上的一次重大胜利，发生于1805年。此役之后，法国海军精锐尽丧，从此一蹶不振，拿破仑·波拿巴被迫放弃进攻英国本土的计划。而英国海上霸主的地位则因此得以巩固。

紧把META手机塞进口袋，推开厕所门，做出一副刚方便完的样子。

林曦见他脸色发白，便调侃道："怎么，撞到鬼了？"

"啊……哈哈，你可真幽默。"彼得尴尬地笑道，"有点拉肚子而已，别担心。"

"没事就好。"林曦说，"不过，我这边倒是真的撞见'鬼'了。刚才，我在坠毁的无人机里发现了类脑计算芯片。那是公司在临终关怀项目里用过的，用来储存和运行死者的人格模型。"

"可能只是巧合吧，毕竟类脑计算的应用很广泛……"

"也许吧。"林曦皱眉道，"但还有另一种可能。柳德米拉查到了记录，五年前，Alicezon在不删档内测阶段，公司曾经招募过三千六百五十二名全沉浸玩家。这些玩家每天24小时完全泡在游戏里，不拿薪水，也不反馈问题，持续了三个月，然后就突然消失了。我曾想查找他们的身份信息，却发现那些只备份在两个地方——已经被摧毁的公司地下机房，以及META公司洛杉矶总部的一个项目组里。那是公司临终关怀项目组，你知道是谁负责的吗？"

"嗯……我不太清楚，但我听过这个项目。为了让老人安度晚年，尤其是那些有老年痴呆症、瘫痪和残疾的等等，你说的这些，和无人机有什么关系？"

"我发现Alicezon有一个底层脚本，在不断把玩家的操作数据发送到美国总部的根服务器上，就好像一个黑洞，吸引着全世界数亿用户的数据洪流，然后投入深度学习算法，筛洗出空战战术的'金沙'；与此同时，META还与埃隆·马斯克签署了星链的租用协议，通过这些卫星，将那些淘出来的'金沙'转发到距离我们很近的某个地方。"

"这都是从哪儿听来的？"

"柳德米拉攻破了公司的服务器。在它被炸毁之前，她就把数据导出来了。"林曦手里捏着一个闪存盘，在彼得面前晃了晃，"彼得，这里是公司和美国军方勾结的证据。那三千多个测试用户，其实都是北约各国空军的老兵；而他们现在的'灵魂'，就存在于乌斯提上空的三千六百五十二架无人机之中！"

"为什么要对我说这些？"

"我需要你的帮助，彼得。"林曦严肃地向他伸出手，"现在，我们手上拿着阻止战争的钥匙。只要将对抗样本曝光，在舆论压力下，北约将不得不放弃使用ALICE指挥无人机。当然，乌斯提也因为战争元气大伤。两败俱伤的双方只能选择谈判。当然，这离建成巴别塔的目标还很遥远，但至少，我们能走出第一步……"

彼得咬着牙低声道："别傻了！快住手吧！"

"住手？你难道不想阻止这场战争吗？"

"当然想，可是你哪儿来的超级计算机？以我们手头的这点算力，根本不可能求解这种类脑算法的对抗样本，你再怎么天才也不可能……"

"所以我们要发动群众。"林曦说,"我打算修改一下
Alicezon的春季活动,柳德米拉和小楞会配合我,发动广大
玩家,在战斗中找到ALICE的对抗样本,然后再将它公之于
众。"

彼得忽然冷静了下来。他静静地看着林曦,双眸变得
冰冷。

"好吧,需要我做什么?"

"监视设备,保持网络畅通。"林曦转过身去,将闪存盘接
上电脑,开始飞速地敲击键盘,"活动脚本我已经写好了,一键
就能部署。但找到ALICE的漏洞的计算量和数据量都是非常
庞大的,需要借助外力。外面架着的星链天线可能过热,可能
被流弹打坏,工作站的计算节点也可能故障。哦,还有楼下的
柴油发电机。我一个人是忙不过来的,所以还请你帮……"

嗤。林曦低下头,看到一片半尺长的碎玻璃穿透了腹部。

握着玻璃另一头的,是彼得的手。

"你——"

只听哐啷一声,彼得松开碎玻璃,踉跄后退了两步,撞倒
了旁边的输液架。他的双腿在发抖,双手沾满血,正在墙壁上
使劲地擦着。

"不要恨我,林,我没有别的选择!"他歇斯底里地吼道,
"要恨的话,只能恨你自己太幼稚了!"

剧痛袭来，林曦眼前一黑，无力地扶着柳德米拉的床沿缓缓滑下。鲜血从他的腹部涌出，落在白色的床单上，晕开一片触目惊心的暗红。

"其实，我真的不想杀你！我早就提醒过你，但你根本听不进去。现在你明白了吧，这个世界上根本就没什么和平，只有强者和弱者，只有胜者和败者！什么爱与艺术，都是文明的遮羞布；什么连接人类心灵的巴别塔，上帝必须让它倒塌！"

扑通一声，林曦从床边倒在了地上。失血和剧痛让他短暂地晕厥了过去。

"喂，听见我说话吗？喂！还活着吗？"

彼得用发抖的手拾起一小块碎玻璃朝林曦丢过去。玻璃划过林曦的脸，留下一道血痕。见他没有反应，彼得便鼓起勇气，迈上前一步一把抽走闪存盘，然后在电脑上开始快速操作，试图取消林曦策划的Alicezon春季活动。

恍惚之间，林曦听到彼得敲击键盘的噼啪声。他的眼前仍然飘着一片片黑雾，但意识却像黑暗里的火炬，倾尽最后的燃料熊熊燃烧起来。

"这就是人生走马灯吗……"他喃喃道。

十六岁之前，是他无忧无虑的快乐时光。那时他最烦恼的事，不过是考试拿了年级第二名而已。每个寒暑假，他都会早早地做完所有作业，然后登录游戏，与全世界的高手切磋；或是参加国际夏令营，和来自世界各地的少年们一起游山玩水，讨论图灵、宫崎英高、沃卓斯基和新海诚……

接着，快乐的日子结束了。每天的新闻里充斥着关于瘟疫、饥馑和战争的消息，阴霾笼罩，人们的脸上渐渐失去了笑容，每一个人似乎都将自己逼到了生存的极限。躁郁蔓延，误解滋生，误解种下偏见的种子，偏见长出仇恨的荆棘。无数荆棘相互撕扯，将整个世界撕得分崩离析……

"武器制造仇恨，而艺术制造爱。"那时，林曦如此对父亲说，"我的人生，应该用科技和艺术来弥补人类之间的裂痕！"

抱着这样的信念，他离开了军队，和几个志同道合的好友合伙开了公司。公司刚开张，就遭遇了游戏版号停发。产业寒冬之中，林曦的计划即将成为泡影。但是彼得找到了他，收购了《归离》，Alicezon横空出世，摧枯拉朽般扫荡全球。他终于接近了自己的巴别塔之梦——用元宇宙拉近全人类的心灵，在偏见与仇恨的裂隙里填满快乐和美好。

正当梦想触手可及之时，他心中的巴别塔却轰然倒塌了。

他自己的人生也要终结了。

"为什么非要这样不可呢？"

"为什么不坐下来谈谈，非要拼个你死我活呢？"

直到刚才，他还不明白彼得为何要背刺自己。明明他比谁都知道艺术的美好，也知道和平的可贵，但为什么他要倒向和平的对立面，投入到痛苦的战争中呢？

且慢。战争与和平，真的是一对反义词吗？

父亲总是讲"战争有邪恶的，也有正义的"；而爷爷也讲"打得一拳开，免得百拳来"。当时自己还与他们争辩，声称任何战争都是丑陋的，文明人应该抵制一切形式的战争才对。直到今天，林曦才明白，兽性是人性之母，而自由也只能建立在剑锋与剑锋的碰撞之上。在人类漫长的文明史中，和平的时间就像夜空里的流星一般短暂，他前半生所享受过的和平，也只不过是在一场漫长的厮杀中剑锋相抵的短暂瞬间罢了。

　　这就是包括林曦在内的数十亿人类都无法逃避的痛苦。

　　这就是当下人类文明的真实水平。

　　也许有一天，人类文明会整体地升级换代，战争将成为陈旧的历史名词。但那不是今天。今天，和平与战争仍然是任何人生来就必须同时接受的一对矛盾。我们营造文化、创作艺术、彼此相爱，但也手握刀枪、彼此厮杀。在文明升级的那一天到来之前，自己只能拿起武器，守护自己所爱的人与事，守护世界上的一切美好。

　　要为世界上的一切美好而战。

　　安珀灿烂的笑容在他眼前一闪而过。

　　林曦忽然低吼一声，拔出腹部的碎玻璃，一只手猛然扣住彼得的小腿，另一只手将玻璃狠狠刺进彼得的脚踝。

　　彼得闷哼一声，踉跄着向前扑倒。林曦趁他失去平衡，猛地扑上去，将整个身体的重量都压到他身上，碎玻璃的尖端指向他的咽喉，而他也及时抓住了林曦的手腕。两人在地上僵持起来，仿佛两只濒死的野兽，在绝望之中相互撕咬。

"为了安珀……为了柳德米拉……为了小椤……"

林曦手上的力度不断加大，尖锐的玻璃一点点地压下去。他嘴里默念着一个个名字，仿佛他们正在他背后，为自己注入着源源不断的力量。

"为了妈妈，还有爸爸……"

同时，彼得也疯狂地吼着，青筋毕露的手掌紧攥着林曦的手腕。他的背后也同样有许多看不见的人在支持着他，有他的家人、他的朋友，有和他一样被偏见与恐惧裹挟的普通人，也有冷酷、贪婪、傲慢的政客。两个国家的重量，仿佛都压在了这两个青年流血的双手之上。

"为了所有我爱的人，爱我的人……"

窗外传来震耳的轰鸣。无人机从天空中呼啸而过。燃烧弹如雨滴般落下。被击落的飞机和被击中的士兵们都成了黑色的剪影，在烈火中痛苦地悲鸣。

"为了祖国，为了乌斯提……还有所有被你们欺凌过的人们……"

玻璃的尖端触到了彼得的皮肤，他的眼神开始慌乱，嘴唇翕动着，似乎想祈求什么。但林曦充耳不闻。

"我们要在这个世界上，有尊严地，活下去……"

终于，彼得发出咯的一声，玻璃猛然刺入了他的颈动脉，鲜血激射而出。林曦不敢放松，仍然死死地压住彼得，直到他的剧烈挣扎变得疲软，变成偶尔的抽搐。最后，一切都归于沉寂。

林曦从尸体上翻身下来，大口喘息着。

此时他已经失去了所有的力气，两眼发黑，四肢开始麻痹，就连落在两米开外的BMI头盔也像在天边一样遥远。

这时，他注意到彼得的裤子口袋里有什么东西在发光。他翻开口袋，发现那是另一台META手机，显然是彼得和他的上级私下联系用的。手机壳上挂着一枚日式的御守符，上面画着一个穿着巫女服的动漫美少女。这个挂件林曦也有一个，是Alicezon五周年活动的特别纪念品，当时他和彼得两人在公司年会上搭伙表演，又唱又跳，好不容易才抢到这个限量版挂件。他怔怔地看着这枚沾血的御守符，咬了咬牙，猛地将它和手机一起朝窗外的火海丢去。

随后，他艰难地戴上BMI头盔，最后一次登录了Alicezon。

2月11日，东乌斯提空军指挥部

"什么？你说，那小子跑到了巴尔涅茨克?!"

秦川点了点头，不敢多说话。

此时，地下指挥中心里的人数比此前肉眼可见地减少了。低沉的爆炸声越来越近，在空中力量的掩护下，北约的地面部队已经推进到离这里不远的地方。不少辎重和重要人员都已经转移，这里只剩下契尔连科将军和他的警卫营，以及林峰带领的顾问团。秦川知道，林峰是泰山崩于眼前而不变色的那种人，战争爆发五天以来，这是他第一次如此大动肝火。

"不是已经撤侨了吗？他是怎么把自己搞到那里去的?!"

"他说是因为公司委派的重要工作，错过了大使馆的撤侨。"秦川低声回答，"首长，现在就算报告上级，派人去营救，时间上恐怕也来不及……"

"废话！"林峰暴躁地踱着步，"当然来不及。天王老子也救不了他！"

这时，秦川的META手机忽然滴滴响了两声。他拿出来一看，是林曦发来的信息。

"首长，"秦川犹疑地盯着手机，"林曦说，他能帮我们赢得这场战争。"

林峰再次登录了Alicezon。

首先映入眼帘的是一个小木屋。它歪斜地坐落在河谷中的一片雪地上，蜿蜒的河水带着碎冰从屋后流过，山岗上开满了如烟似霭的金达莱。林曦的虚拟形象正站在小屋前，他身旁站着被称作"片翼天使"的少女，还有一个面容有些熟悉的少年。那少年正在整理一些卵石垒成的坟包，一共十五个，他正在垒第十六个。每个坟包上都插着一个写有中文名字的小木牌。

"你小子……"林峰看见儿子，刚想发作，但半句话卡在了喉咙里。他认出了旁边那个正在垒坟包的少年。

"爸，我要向你道歉。"林曦有些不自然地说，"你是对的。我……太天真了。"

林峰心里咯噔一下，心脏仿佛漏跳了半拍。他嘴唇动了动，最终还是没说出他原来打算对儿子说的话。

"明白就好。"他缓缓吐出一口气，说，"说明你的具体位置，还有你周围的情况。水和食物足够吗？还能坚持多久？"

"不太久了。"林曦勉强地笑了笑，"所以，爸，我有些事情要告诉你。"

"关于战争的？那些事你不要管，先出来了再说。"

林曦没有搭理父亲，自顾自地说道："还记得吗？妈妈去世的那场事故，最后的调查结论是：AI无法用于复杂战场环境下的智能空战，因为它具有潜在的不可控风险。这是她用生命换回的结论。也正因为如此，我国的智能空战系统一直停留在1.0版本，远逊于敌人的3.0。

"也许，你觉得这是AI训练集数据量不够造成的差异。也许你会想，只要获取了足量的训练数据，就可以找到对抗ALICE的对抗样本。是的，理论上是这样，没错。但不要忘了，现在敌人的算法是几亿Alicezon用户在五年以上的战斗中积累下来的，又在超级计算机里自我对战了好几年，而且还在不断升级改进中。现在要想追赶，就像你在一场围棋对决里先让了Alpha-Go三子，后面喊再多'不惜一切代价'，立再多的军令状，也改变不了失败的必然结果。

"但我们不必跟他们按规矩下棋。我们可以把AI的电源线给拔了！

"不久前，在巴尔涅茨克城内，我看到了一架MQ-58的残骸，里面有类脑计算的生物芯片。这种芯片来自META公司的一个临终关怀项目，是由体外克隆的脑神经细胞和自组织芯片搭建的。只有它才能完整地实现我设计的游戏。技术细节我没空跟你细说，我只说结论：它和妈妈当年试飞的那种AI芯片类似，但更复杂，甚至具有自己的意志，是没法完全用逻辑指令约束的。敌人用这种技术，就像和魔鬼做交易，虽然获得了力量，但也出卖了灵魂。"

林峰正色道："你打算怎么做？"

"现在时间已经不多了。我会在柳德米拉的帮助下，在Alicezon里发起一个副本活动，让尽可能多的玩家加入进来，找到诱使ALICE发疯的办法。这个方案的计算量需求比生成对抗样本要小得多，如果你那边能让我接入量子通信线路，调用国内尽可能多的计算资源，我可以在两小时内找到解。"

"但如果找不到呢？"

"那这个方案就是诱骗北约网军的幌子。在它的掩护下，我会一劳永逸地解决问题。"林曦喘息着说道，末了，又补充了一句，"放心，这是我和柳德米拉的个人复仇行为。与你无关，也和军方……咳咳……"

"怎么回事？你受伤了？"

"没事，一点小伤而已……"林曦努力平复自己的呼吸，装出无所谓的语气，"我在医院呢，没事的……"

以多年对儿子的了解，林峰已经识破了他的谎言。

他沉默了片刻，然后说："还记得吗？你十三岁的时候，跟着爷爷去冷湖试训基地看演习。你回来说，那些炸弹太吓人了，那些兵哥哥太辛苦了，他们能不去打仗吗？我告诉你，他们必须得去，因为一切和平都是建立在武力威慑上的。但你不同意，你说，武器制造仇恨，而艺术却制造爱。你要用科学与艺术建起巴别塔……"

"……为人类带来长久的和平。"林曦笑了，"当然，我记得。"

"理想的实现有两种方式。一种是你实现了理想；第二种是理想通过你得以实现。"林峰紧紧攥着拳头，感到热泪夺眶而出，"孩子，我为你骄傲。"

这时，只听一声巨响，混凝土墙壁绽出了蛛网般的裂纹，灰尘从指挥大厅的顶上簌簌抖落。荧幕熄灭，照明断电，通信也中断了。深藏在附近山脉下的发电机组已经被钻地炸弹摧毁，通往指挥中心的地道已经暴露。几分钟后，运载着大狗机器人的猎鹰火箭就会从小布罗赫耳、比歇尔、吉尔利克和迭戈加西亚升空，在二十分钟内跨越几千公里，降落在刚被钻地炸弹打开的洞口。也许就在此刻，已经有海豹突击队从洞口闯入，和乌斯提军队开始交火。

"全体都有，销毁文件和非必要设备，准备撤退！"林峰对老卢、秦川等人下达了指令，但自己却站在原地没动。

"你不走吗？"老卢问。

"我还有点事要做。"林峰含糊地说，"别啰唆！快点，都动起来！"

"首长，还是我来吧！"

林峰有些诧异地转过头，只见秦川在自己身后，站得笔挺如松。

"首长，要把林曦发来的数据从META手机转进'红色电话'里，涉及不少技术细节、数据格式转换、I/O兼容之类的，您可能不熟悉。那个，我毕竟，呵呵，比您年轻，有时候也会忍不住玩一下游戏，对这些细节肯定比您要熟悉一些。"

林峰喝道："秦川，你知道这意味着什么吗？"

"当然！我嘛，只是个平平无奇的庸才，在您眼里是个平庸的继任，在林曦眼里是个平庸的师弟，还是大龄毕业困难的那种。现在机会来了，我得向你们证明自己嘛。

"哦，对了，我很能打，也很能跑的！去年考核三十公里武装越野，我是全所第一，三姿射击也拿过第二名，您忘了？"

林峰的嘴唇动了动，一句喝止的命令在他喉咙里滚动着，但最终没有说出来。他叹了口气，重重地拍了拍秦川的肩膀。

"别逞强。"林峰把电话放在秦川手里，"完成任务后，我会派人来接你。"

秦川站在空旷的指挥大厅中央，站在昏黄的应急灯下，目送着林峰等人离开。然后，他一手拿起连着META手机的红色电话，一手挎着AK-74步枪，腰间还挂上了几个弹夹和手雷。他跟着契尔连科的警卫营跑出错综复杂的隧道后打开手机，登录了Alicezon。

"准备就绪。林师兄，你那边可以开启活动了。"

2月12日，Alicezon 春季活动副本

乌斯提当地时间零点整，全球的Alicezon用户同时收到了一则消息：

　　"很久很久以前，在遥远的东方大陆，有一位不幸

的少女。她在战乱中出生，在颠沛中长大，目睹了万种不幸，决心冒险远行，寻找让人间永远和平的方法……

"……Alicezon 3.0春季特别活动副本'为了没有眼泪的明天'，空中格斗全球挑战赛，期待你的参与！"

这是林曦策划了很久的活动，此前草案已经交给市场部，做足了宣传，在全球玩家中引起了巨大的反响和期待。活动上线的日期本来是两天后，但柳德米拉入侵了公司的根服务器，将修改后的活动提前放出了。

顿时，META公司总部乱成一团。工程师试图重启服务器，但Alicezon这种体量的分布式元宇宙社区几乎不可能被关闭。在大量镜像节点的支持下，大部分玩家还是顺利进入了活动副本。当然，此时亚洲地区是深夜，玩家只能躲着旁人、钻进被窝、悄悄戴上BMI头盔，再沉入Alicezon的虚拟世界。

参加活动的玩家约为三百万，远低于林曦的预期。无疑，活动开始的时间很不合适，但林曦已经等不起了。

玩家们发现自己降落在一片冷寂的冰雪山脉前。山脉很高，仿佛世界边缘的巨墙，山脉中央有一个幽深的隧洞。众人走进隧洞，在洞穴最深处，他们发现了一座冰封的厚重大门。忽然，一个声音自黑暗中凭空响起：

"限时活动副本'为了没有眼泪的明天'，游玩难度较大，您确定要参加吗？"

"确定！"玩家们兴致勃勃地回答。

沉重的大门发出隆隆的轰响，向两侧打开了。一片紫色电光闪过云际，众人看到了乌云下漆黑如墨的大海，以及在海中兴波逐浪的巨大海怪。众人纷纷感叹：

"哇——那就是这次活动的Boss吗？好大！"

"太可怕了，这种级别的怪物，要死多少次才能打通关啊！"

这时，众人面前弹出了一个窗口。这是林曦群发给所有玩家的消息，阐明了这次活动的规则：

第一，所有玩家的武器和飞行技能重置，活动中无法变更；

第二，击退敌人之前玩家无法退出；

第三，玩家无法复活。

玩家们愣了几秒钟，随后纷纷破口大骂：

"这算什么东西？"

"策划是脑残吧！"

"不玩儿了，我要退出！"

就在众玩家怨声载道的时候，一声浑厚的号角忽然响起。众人看见在大海两边的山崖上站了一排白袍金冠的精灵，那是常见的NPC角色。两个人影从空中降下，落在那排NPC的前方。一位是大家不认识的黑发少年，外貌在沉稳中带着一丝狡黠；另一位则是金发碧眼的精灵少女，她只有一片翅膀，身旁悬浮着六柄白银细剑。

"片翼天使！"众人顿时惊呼。

柳德米拉没有说话。她挥了挥手，宣布活动正式开始。一个NPC角色随即摊开手上的羊皮卷，用庄严肃穆的声音开始吟唱古老的战歌。

只见海魔摇晃着它的八个头颅，向天空喷吐出漆黑的乌云。乌云旋聚凝结，降下了紫黑色的毒雨，每一滴雨点都化为一只妖兽，展开翅膀向苍岩港扑来。众人拉弓搭箭准备战斗。但当它们逼近后，大家发现那不是妖兽，而是数以千计的飞机！有几个眼尖的军迷玩家认出了那是北约MQ-105空优无人机和MQ-58无人攻击机，是正在乌斯提狂轰滥炸的主力机型。

顿时，公聊区被玩家们的议论淹没了——

"喂喂，说好的海魔呢？怎么变成飞机了？"

"游戏模型出bug了吧？"

"不，这不是bug。你们看那边！"

众玩家回头，看到那些吟唱战歌的精灵也发生了变化：白袍褪去，服饰变成了土黄色的制式军服，外貌变得沧桑，嗓音也变得浑厚。

这时，一位戴着志愿军空军头盔的少年信步走出人群，走到了鹰嘴崖的尖端。柳德米拉紧随其后。面对着漫天飞舞的敌人，两人相视一笑，然后张开翅膀，纵身跳下悬崖。当他们再度飞起时，羽翼已经变成了刷着红五星的钢铁机翼。

"空四师林飞虎，前来报到！"

"柳德米拉·伊芙娜，前来报到！"

战机咆哮着昂首拉起，像两颗逆飞的流星，冲向铺天盖地袭来的敌机机群。

此时，中国区玩家们还处于迷茫中。这次春季活动完全超出了他们的理解，他们大都不知所措地站在原地。但乌斯提籍的孩子们已经攥紧了拳头。那些飞机和这几天轰炸他们家乡的敌机一模一样。在现实中，他们只能躲在防空洞里，看着哥哥、父亲和爷爷走上战场；但此刻，他们的手中握着武器。

在愈发激昂的咏唱声里，他们纷纷跳下悬崖。百余架战机腾空而起，追随着柳德米拉和小楞，冲上阴云笼罩的天空。但在敌机压倒性的数量和质量优势面前，他们不到一分钟就被击败了。他们的头像变成了灰色。无数战机的残骸从空中坠落，仿佛从城楼上纷纷被箭击落的甲士……

众玩家开始打起了退堂鼓。他们知道，这次活动真的是无法复活的，一旦落败就会被销号。有些玩家收起了一身的顶级装备，准备退出副本。

"请等一下！"秦川大声喊道，"我是中国空军某部前线观察员，秦川。我有话要对大家说！"

众人狐疑地看着他。网上自曝的大多是骗子，所以大家原本没将他放在心上。但当看到他投出的视频聊天窗口后，众人顿时停下了脚步。

他藏身在战壕的胸墙下，脸上布满血迹，身边都是端着步枪和火箭筒的东乌斯提人。在他身后，机枪在喷吐着火舌，曳光弹在夜空中划出金蛇般的弹道，远处的城市硝烟滚滚。巴尔涅茨克正在战火中燃烧。

"不知道还能坚持多久，我就长话短说了！"秦川喊道，"现在，你们进行的不仅仅是一场游戏！细节我不能透露，但我可以告诉大家，敌人的强度、数量、编队形式，以及死亡后无法复活的设定，都是我们特意设置的！现在，乌斯提军方的特派员在看着你们。你们手中的键盘将决定这个国家的命运！"

玩家们一脸震惊地看着他。其中，有几个人已经猜到了个中缘由。

"难道，那个传闻是真的？META公司把Alicezon的用户数据交给了美军，让他们训练无人战斗机？"

"果然，我早就发现了。那些法术、弓箭和飞剑的数值，和现实里美军的导弹参数是成比例的！当时我就发帖了，但没人相信！"

"可是，战争跟我们有什么关系？我们又不是乌斯提人……"

轰的一声，一颗炮弹落在秦川身后，掀起漫天沙土。众人发出一阵惊呼，但他仿佛毫无察觉。

"各位，我想跟大家介绍两个人。"他抬起手臂，指向仍在半空中鏖战的两架飞机，"一位叫小楞，一百年前，他出生在中国东北的松花江畔，那儿是游戏里归离集的设计原型，是个像陶渊明的梦境一般美丽的地方。为了保卫自己的祖国和家乡，他毅然报名参军，前往冰天雪地的朝鲜，以不到两百飞行小时的飞行经验迎战三千飞行小时的美国空军王牌，成了英雄……"

"可是，战争不是游戏！"有人喊道。

"对，逞英雄什么的，在游戏里玩玩就够了！"

"现实里的战争都是可恶的，现实里的英雄也是建立在无数死亡之上的！"

透过屏幕，秦川扫视着鹰嘴崖上的人群。人们被他的眼神所慑，纷纷安静下来。

"各位，战争的确是可恶的，是丑陋的。因此，我要给大家介绍第二个人。"秦川说，"她叫'片翼天使'。在第一次乌斯提战争中，她失去了双腿和一只手。许多乌斯提孩子也是如此。那些在战前跳着《天鹅湖》、喝着星巴克、读着海德格尔和莎士比亚的孩子，在战后或是身体残疾，或是失去父母，无法维持生活了。她们只能把自己贱卖给某些'养父'，大家在新闻里看过，知道那是怎么回事。

"但是，我昨天在一名北约战俘的包里看到了一张传单。

那是一碗红烧肉的照片。他的长官声称,一个月后,一碗那样的红烧肉就可以换来一个中国美少女。"

只听一阵尖啸,两架北约的MQ-105无人攻击机从秦川的头顶掠过。那是现实中的战争,机炮扫过地面,撕碎的泥土和血肉混在一起飞溅。人们被血腥的战场画面震慑,几百万人鸦雀无声。

有人大声发问:"你是说,我国在一个月后也要打仗?!"

秦川摇摇头,"我不知道。我只是个军人,只知道随时准备把自己的血肉融入祖国的泥土中去。我不想渲染牺牲,但必须要让全世界知道,我们必要的时候能够牺牲。唯其如此,我们才不用牺牲。

"好了,时间差不多了。作为人数最少的志愿军的一员,我要去追随八十年前的前辈们了。当年的他们也和我们一样年轻……"

接着,秦川的身影消失了。玩家们看着那个变成灰色的头像,沉默无言。偌大的副本地图中,只听到空中战斗的呼啸声、猎猎的风声、海浪拍击岩石的响声,以及身着志愿军军服的NPC们的咏唱声:

操吴戈兮被犀甲,

车错毂兮短兵接。

旌蔽日兮敌若云,

矢交坠兮士争先[1]。

接着，有人迈开了脚步。先是几十人，然后是几千人，上万人。

带长剑兮挟秦弓，

首身离兮心不惩。

诚既勇兮又以武，

终刚强兮不可凌。

在山呼海啸般的咏唱声中，三百多万玩家相继跃下悬崖，化为漫天飞舞的米格战机，与敌机缠斗在一起。

现实世界是很难看到这样疯狂的空战景象的。在现实中，飞行员有顾虑，有恐惧，有人类肉体的过载限制。但在这里，一切限制都不存在了。无论是敌机还是我机，都像红了眼睛的群狼一般，在空中跳起了猎人和猎物的圆轮舞。在这狂乱的舞池中，柳德米拉和小楞是最亮眼的一对。前者跳的是优雅的冰上芭蕾，在精致的小半径回旋和突然的俯冲跃起间击落敌机，机炮的火光化作剑芒，宛如云层间突刺的闪电；后者是沉稳而老辣的中国太极，大开大合的连续单环、八字环、"筒滚"和

---

1. 本节诗词出自屈原（约公元前340—公元前278）的《九歌·国殇》。下同。

"萨奇剪"如行云流水般接续，一面为柳德米拉吸引了大批敌人，搅动了战局；一面还像穿针引线般精确地攻击，将航迹上的敌机串成一连串爆炸的火球。搜寻、锁定、决策、执行，战鹰在空中一圈圈飞舞，逻辑在电路里一圈圈循环，谁更快一圈，谁就能赢下战斗。为了更快一步，无论是在超频处理器里跃动的电子，还是在血管里奔涌的血液，此时都是同样的火热焦灼。大片的雪花纷纷落下，那是被铁翼撕裂的天空碎片；金色的闪电在云间窜动，那是导弹和机炮的尾焰残迹。此时，每个人都凭着热血和本能战斗，每个人都成了一张更大的网络的组成部分。而在这瞬息万变的庞大网络之上，数据的洪流正在汇聚，顺着星链的无线信号，涌向巴尔涅茨克市中心医院的一间病房。

在开发者环境中，林曦目睹着这一切。

他感觉浑身战栗，一半是因为过量失血，一半是因为长久以来压抑的释放。他想到了父亲说过的一句话：一个人只有站在属于自己的战场里，才能取得真正的成就。很多人终其一生，都在寻找这个战场。现在，他找到了。

"去吧，柳德米拉……"他喃喃地念出了文案里的台词，"去阻止这场战争，然后重新纺织所有的命运吧……"

他按下回车键。对战数据如海啸般涌入内存，冲进他设置好的AI训练数据池中。

工作站发出一阵咆哮，散热风扇发出尖厉的呼啸声，仿佛要带着机箱起飞。在它们的内存里，一个百万节点规模的深度学习网格在迅速迭代进化。如果此时有一个可视化窗口，就可以看到这种快速进化的图景——宛如一场疯狂的闪电风暴。数十亿的电光纠缠如麻，交织如网，以电流为纺线，在乌云中织就华丽的礼服；而刚刚织好的华服马上又被拆散。这种编织、拆散的过程一秒钟就能进行数百万次，其中的一些好看的纹路被保留下来，被加粗、固化，成为下一轮迭代的中心。

"扫描已进行322秒，进度28%。建模正在进行中，剩余376秒……"他咬紧牙关，"快呀，快呀……"

他听到楼下传来了纷乱的脚步声、吼叫声，还有枪声。那不是大狗，而是人类士兵。他们正在和东乌斯提的守军交火。此时，林曦已经没有逃走的力气了，而且他也不打算逃走。柳德米拉需要他。爷爷需要他。祖国需要他。这个世界的和平需要他……

"剩余228秒……数据异常，正在重试……"

突然，柳德米拉的身体抽搐了一下。她在Alicezon里突然掉线了。林曦飞速地输入后台命令，将她重新投入战场。

然而，这短短几秒的中断还是产生了一个异常数据包。它就像一枚炸弹，顺着网络上的数据洪流，流向了整个深度学习网格的关键节点。轰的一下，交织的闪电之网瞬间溃灭，只剩下几缕电蛇在乌云中首尾相衔，做着无用的死循环。

"错误！建模崩溃！重启中……状态已重置，正在评估资源……

"需时：28500秒。"

林曦气得一阵晕眩。刚刚简单包扎过的伤口似乎崩裂了，鲜血从腹部渗了出来。

显然，META公司已经发现了这里的异常。但他们既无法关闭Alicezon，也不敢中断星链的无线信号。于是，他们只好通过北约网军向这里发起定向攻击，干扰和污染训练数据。这招很有效，林曦上传的玩家数据本应在几分钟内让模型初步收敛，但模型却崩溃了，重启后也毫无收敛的迹象。

"柳德米拉，你有办法吗？"

短暂的沉默后，柳德米拉回复："没有。敌人发现了我们的计划。针对我们的算法，他们注入了二级对抗样本，也就是针对对抗样本的对抗样本。"

"呵，玩俄罗斯套娃吗?!"林曦咳嗽了两下，"看来敌人那里也有高手……"

对于眼下的情况，林曦并非没有准备。

ALICE是极其完备的军用级系统，寥寥十几分钟是不太可能找到它的对抗样本的。当建模失败后，林曦便会将众玩家的战斗变为佯攻，用来迷惑北约的网络黑客们；真正在暗处穿插迂回、刺进敌人心脏的，将是片翼天使和小楞。

"柳德米拉，还有，爷……小楞。情况有变。启动备用计划。"他喘息着问，"准备好了吗？"

"我可以。"柳德米拉回答。

"我也可以。"小楞回答，"你那边还好吗?"

林曦调整了一下呼吸，说："不碍事，还能……坚持一会儿……"

"坚持住! 胜利就在眼前! 等打跑了帝国主义，我们一起回家，吃饺子!"

林曦释然地笑了笑，调出开发者权限下的命令行窗口，输入指令，按下回车。

这时，他想起了柳德米拉擅自改编的活动剧情：化妆成魔鬼的天使站在巴别塔顶端，向世界举起了毁灭的魔剑。呵，真是讽刺，自己想在虚拟世界里让人类走向大同，没想到这座浇灌着爱与艺术的巴别塔，竟然也要建立在战争与恐怖的威慑之上。但是，正因为人类千万年的历史由彼此杀戮组成，我们才要在艺术中创造出童话般的友谊、善良、怜悯、温情……

"人格数据包开始上传。进度1%……"

此时林曦已经感觉不到疼痛，眼前也出现了虚幻的光。他用最后一点力气紧盯着屏幕，进度条仍在艰难地前进，每一位数字的跳动都显得无比漫长。

"进度28%……"

楼下的枪声越来越近了。楼板在微微颤抖。林曦捧着沾血的键盘，翻了个身，让自己面对着病房的大门。他想象着一群精英海豹突击队从门口闯进来，一脸震惊地看着自己，操着一口生硬的中文劝他投降，而自己将哈哈大笑着拒绝他们——
当然，作为故事的主角，倒下的姿势必须要帅才行……

"……99%，100%！人格数据上传完毕！人格模型已建
立！模型完整性校验中，10，9，8，7……"

这时，病房的大门被撞开了。但海豹突击队并没有出现。
站在门口的是几个乌斯提自由军，样子邋遢，面容猥琐，有两
人似乎还吸过毒。他们根本没搭理林曦，端起突击步枪就是一
通乱扫。计算机顿时被打得粉碎，林曦、柳德米拉和彼得的尸
体都在弹雨里抽搐着……

与此同时，在Alicezon的活动副本中，众玩家惊讶地看到
天空中的乌云消散了，打不完的敌机也凭空消失，仿佛烈日下
蒸发的露珠。

活动通关了。

在晴朗的夜空中，人们看到了一条银河——一条由无数
飞机残骸组成的天空之河，小楞、柳德米拉的战机也晃了晃千
疮百孔的机翼，平静地汇入其中。这条河流流向天际线上的一
座高塔。在高塔的顶端，一个少女怆然而立。在她手中，一柄
魔剑逐渐凝聚成形。

接着，被击落的玩家发现自己的账号恢复了，人也复活
了。所有人都收到了通关的奖励——一件卡其布颜色的志愿
军军服。有的人以为战斗胜利了，欢呼起来；但有人看到秦
川、林曦、小楞以及许多乌斯提孩子的头像仍是灰色的，都默

默握紧了拳头。

在这无数的拳头与手臂组成的森林之间，回荡着军人们浑厚的咏唱声。

2月12日，全球互联网

历史记住了这一刻：2032年2月12日，世界协调时20时15分02秒。

在这个时刻之前，世界上存在着许多大大小小的纷争。小到冈比亚两个部落的械斗，大到西太平洋十个航母战斗群的对峙。但在这之后，所有人类都暂时放下了武器，因为他们第一次有了共同的敌人。

在Alicezon这样的元宇宙中，林曦曾定下过一条看似不近人情的规矩：当账户拥有者在现实中离世后，他的虚拟角色应该立即被移到隔离区。那里又被称为"数字陵园"，与全球互联网在物理上隔离。死者应在四十八小时内由运营商通过不可复制的烧录式磁盘转移到那里备份，而原有的账号将被永久删除。大部分人以为这是为了表达对死者的尊重，以及对伦理的保护。但真相并非如此。

在春季活动副本启动前，林曦曾跟柳德米拉有过一段对话。

"你相信死后有'灵魂'吗?"柳德米拉问。

"不太相信。但如果你的愿望足够强烈，无处不在的'地脉'就会记下你存在过的身影，就像安珀那样，在死后仍会自己行动。如果你将它们称为'灵魂'……"

"这样的'灵魂'有自己的意志吗?"

"这取决于你的愿望有多强烈了。当然，如果你使用了'魔鬼的禁咒'，可以让'灵魂'禁锢下来，甚至驱使它们帮你作战。"

"的确可以，但那样也必然要承受代价。"

"你相信彭罗斯假说[1]?"

"是的，如果它们用了那种'禁咒'，就必然要跳出严谨的图灵式逻辑框架。那样的话，我就能渗入其中。当然，要以'灵魂'的方式。"

这段充满了游戏设定的对话，其实一直处于北约网络部队的监控之下。但他们只当这是两个重度游戏成瘾者的对白，并未听出其特殊含义。

林曦所说的真正含义是——他一手创造的ALICE人工智

1. 英国数学物理学家罗杰·彭罗斯（1931— ）曾对"AI是否会觉醒自我意识"提出假说：只要运行AI的计算机系统是图灵机，AI就不可能觉醒。人类所有计算机系统都是图灵机，但人类的大脑不是。

能系统，其实是建立在非图灵框架下的，虽然拥有了非凡的性能，但也失去了图灵机的严密逻辑。

这是害死了他母亲的罪魁祸首，但也是ALICE系统无法回避的致命缺陷。

在这种系统中，用户死后留下的"幽灵账户"就成了可怕的智能电脑病毒，传统的防火墙和杀毒软件很难拦截它们——即便拦住了，在快速变异和自我调整的AI面前，防御也会很快失效。人类迄今为止的所有杀毒软件都会变成布满裂缝的城堡。因此，林曦一直坚持要对死亡玩家的账号进行物理隔离，直到今天。

通过来自太空的无线信号，片翼天使和小楞进入了全球互联网。

首先遭到攻击的是北约网络战部队。他们投放在META和推特上的舆情机器人顿时被"夺舍"，停下了充满偏见的报道，转而开始推送原来会被封号的"违禁词"，包括大狗机器人在乌斯提屠杀平民的画面、无人机使用白磷弹轰炸医院的镜头，以及一百年前联合国军在朝鲜使用细菌武器的证据。

随后遭殃的是乌斯提上空的北约无人机编队。因为用了和小楞几乎相同的机器学习框架，又一直连着星链网络，它们很快就被柳德米拉成功入侵。有的无人机一头扎向地面，和大狗们同归于尽；有的用火控雷达反复锁定友机，甚至对北约的几个空军基地做出了俯冲攻击的姿势。虽然因为敌我识别器的限制，它们无法开火，但还是被惊慌失措的北约指挥官下令击落。

接下来，所有带有美军军徽的军用设施都遭到了攻击。从关岛到阿拉斯加，从横须贺到迭戈加西亚，凡是使用人工智能的设备都发生了离奇的故障：空对空导弹的智能近炸引信突然解锁，把地勤吓出一身冷汗；机场的智能空管调度失误，两架无人机在跑道上撞在一起，燃起了熊熊大火；关岛机库的防爆铁门突然砸下，虽然没伤到人，但一架正在进入机库的B-21隐身轰炸机被当场"斩首"，几亿美金的昂贵机体成了两截。最可怕的是发生在范登堡空军基地的事故，一个战略核导弹发射班组收到了指令，向太平洋中部的一个无人海域发射全部导弹。当时三道保险已经解开了两道，要不是他们的长官紧急制止，十五枚"民兵-IV"型洲际弹道导弹就会呼啸着飞出发射井了。

同时，民用设施也受到了不同程度的影响。亚马孙收到了星链传来的错误调度信息，无数送错的快递堆积如山；汽车的自动驾驶被关闭，几百辆汽车在市中心撞在一起；华尔街的超频交易网被注入大量假数据，美股股价跳水，一日三次熔断，金融大鳄瞬间亏损上亿；陪审团抽签和选举计票系统故障，法庭和参议院陷入混乱，各地都上演了一场"全武行"；就连家用的智能咖啡机、草坪养护机和家务机器人也被远程遥控，或是追着主人喷水、喂药，或是把污渍灰土扬得到处都是。它们的扩音器平时只会发出"请享用咖啡"或"欢迎回家"之类甜美的语音，但现在，它们都在用一个诡异的电子合成音怒吼道：

"丑陋的人类！罪恶的人类！只知道互相杀戮的愚蠢人类！"

后世的历史学家如此记载此次事件："在短短的三分二十八秒中，整个世界变成了雷雨将至的幼儿园，陷入了有惊无险但货真价实的恐惧中。"

基督徒将此事视为"审判日"即将到来的标志，而有人则认为这是"人工智能"的第一次觉醒。但事实上，无论是片翼天使还是小楞，都远未达到有自我意识的门槛。引起混乱的都只是他们执念的残影。这种残影是无意识的，只会依据用户生前的习惯行动，只不过因为他们的执念极强，累计沉浸时间极长，又在林曦的帮助下有针对性地训练过，所以能在短时间内貌似有意识地行动，产生巨大的影响。

美国网络部队很快作出反应。三分二十八秒后，多种军用级人工智能体被注入互联网，片翼天使和小楞被暂时隔离。接下来的两个月里，社会秩序逐渐恢复正常，但全世界都意识到了人工智能觉醒的恐怖破坏力。

在巴别塔的顶端，站着两位天使。他们戴上面具，向全人类举起了灭世的魔剑。

因此，人类迎来了三分二十八秒的短暂和平。

2月12日，西太平洋，冲绳列岛

在这场短暂的人工智能风暴中，大洋中央的无人岛可能是这个世界上唯一不受影响的地方。除了一台指挥终端之外，这里只有大海、山岩和野草，没有可供人工智能操纵的硬件设备。

当天早些时候，帕维尔和他的"蛙跳"小队就降落在了另一个有山洞的无人岛上。这个时机选得正好。倘若再晚几分钟，飞机的人工智能驾驶员就可能会被小楞夺舍，送他们下海喂鱼。

没过多久，山洞外面又响起了直升机的轰鸣声。

帕维尔脱下BMI头盔放在桌子上，探头朝外看，只见一架没有人工智能驾驶系统的老式直升机停了下来。一名少校军官跳下直升机，急匆匆地朝他跑过来。在航母上，他只是一个不起眼的情报分析官，但真实身份却是中情局的特勤人员，负责保持帕维尔和总统的直接联系。

"事情办妥了吗？"帕维尔问。

"我不知道。"少校沮丧地说，"五分钟前，自由军的'白手套'在市中心医院找到了他们，击毙三人，并销毁了机器。这已经是快反部队的最快速度了。但不知道为什么，他们还是……"

"不可能！数学上可以证明，用黑盒攻击类方法找到ALICE系统的对抗样本，至少需要两亿用户超过九百小时的全沉浸训练！"

"将军，请听我说完。我们确实成功阻止了他们获取ALICE的对抗样本。但我们没料到：他们想要找的对抗样本，并不在人工智能身上。"

"那还会在哪儿？"

"人类。"

"人类？"帕维尔思忖片刻，忽然恍然大悟，"你是说……"

"人类对异己总是先予以妖魔化，为自己制造恐惧。而恐惧是导致战争的最大诱因。"少校引用了昆西·赖特[1]的名言，"因为片翼天使和小楞病毒引发的危机，现在全世界都陷入了对人工智能的恐惧中。总统下了紧急命令，暂时停用一切人工智能系统，哪怕这会让我们的战斗力降低到和对手同样的档次。据说，他还打算永久终止ALICE计划，并按照《多伦多公约》的要求，对您滥用死者大脑数据的行为发起问责……"

---

1. 昆西·赖特（1890—1970），美国著名历史哲学家、政治学教授，著有《战争研究》。

帕维尔感到一股热血冲上脑门，发怒道："那个从好莱坞出来的脑瘫儿，他以为自己还在演《终结者》吗?!"

"别激动，将军。总统说了，他非常认可您的才能，所以给了您将功补过的机会。在即将打响的这场伟大的战争中，你将继续担任远征军第一打击群的总司令，打响光荣的第一枪……"

帕维尔苦笑一声，拾起桌上的BMI头盔，说："这是一场无法打赢的战争。"

"没打之前怎么知道能不能赢?"

"当然能知道，我的朋友。您和总统一样年轻，还不知道决定战争胜负的不是光荣，而是'心'。"帕维尔缓缓戴上BMI头盔，"无论是人类还是人工智能，都有对抗样本，也都有'心'。"

"您这是要做什么?"

"向沙龙学习[1]。"帕维尔说，"我想看看他们的'心'在哪里。"

说罢，他点击启动按钮，再次连接进入了Alicezon的虚拟世界。

---

1. 据传，阿里埃勒·沙龙（1928—2014）在担任以色列前国防部长时，曾亲自化装潜入黎巴嫩首都贝鲁特，为即将进行的入侵进行侦察。

2月13日，Alicezon 主世界

META客户端启动。

世界加载中……

连接成功。正在核验虹膜……核验通过。

高级用户：山巅城的西庇阿（UID：0177674），欢迎回到Alicezon。

短暂的失重之后，帕维尔将军再次降落在一望无际的蔚蓝大海中央，站在那座古罗马风格的建筑顶端。

他环顾四周，寻找着儿子的身影，但没有找到。彼得·帕维尔的账号头像已经变成了灰色，这只有两种可能：他成功完成了任务，但META手机被损坏；他的任务失败，此时已经凶多吉少。

想到这儿，帕维尔将军脸上硬朗的线条不自觉地扭曲了一下。

他调取了北约网军搜集的有关林曦的登录记录。由于人工智能暴动的影响，这花了比平常久得多的时间。顺着记录数

据，他找到了小楞和片翼天使最后消失的地方，那是一个春季活动副本的登录入口，位于兴安半岛的一处河谷中。

他立即拿出传送卷轴，跳转过去。

一片白茫茫的暴风雪立刻裹住了他。狂风呼啸，雪霰如针雨般横扫。布满积雪的河滩上，一座陈旧的小木屋孤零零地屹立着。在木屋旁边隐约能看到一个人影。在这让人难以呼吸的暴雪中，他蹲在地上，清理着一些卵石垒成的坟包，上面插着小木牌。帕维尔走近数了数，十五，十六，十七……十八。

在十五座陈旧的坟包旁，有一座看上去比较新的坟，木牌上写着"黎旭"；还有两个是刚刚垒好的，那个男人正在给坟包前的木牌上写字。帕维尔有过驻华武官的经历，会一点中文，他能分辨出那是两个名字：秦川，林曦。

看清那个男人的UID后，帕维尔顿时停下了脚步。

"林将军，您应该换个网名的。"他说，"这里的一切都在我们网络战部队的监控下，包括您的个人账户和IP地址。"

林峰扶好木牌，头也不回地说："我猜到你会来。"

"那太好了。开战前，双方的军人以这种形式会面，这在人类战争史上是第一次吧。"帕维尔笑道，"所以说，我爱元宇宙。它大大消解了人类的沟通成本，让我们能更坦率、更真诚，也更能了解彼此的实力。"

"如果你是来劝我投降的，那现在你可以走了。"

"不不，我只是来给您一个选择。"帕维尔说，"在乌斯提，您已经见识了ALICE系统的威力，虽然最后出了些乱子，但漏洞很快就会被修复。相比于臃肿低效的军队指挥体制，人工智能已经成为真正的战争之神。它就像原子弹，在它被发明出来后，旧日本帝国的命运就已经不可能逆转。但它也是和平之神。它给了你们选择：是自我毁灭，还是拥抱自由。我相信你们的人民会给出合情合理的答案。"

林峰点点头，说："为了和平，我也可以给你一个选择。"

"什么？"

"在文昌发射场，两枚长征九号火箭已经加注好燃料，处于零秒待发状态。它们共携带两百五十吨反卫星武器，总计一千九百万枚伞状霰弹。霰弹是用记忆合金做的，在阳光照射下会自动展开，每一枚都会变成一张面积两百平方米的金属网。它们将被发射到某个轨道层，摧毁那个高度上的所有航天器。当然，也包括ALICE系统的通信基础——星链。"

突然，雪停了。狂风也歇了。虚拟现实里的天气变化可以瞬间完成。周围霎时安静下来，静得能听到帕维尔急促的呼吸声。

"林将军，您知道这是在做什么吗？！"帕维尔提高了声音说，"这，这会让整个地球都被碎片封锁，人类会永远无法进入太空！"

"当然，没有人希望这样。"林峰说，"但相比于让敌人践踏我们的生命与尊严，我们只能先打败敌人，活下来，然后再解决全人类的事情。"

"您就一定要逞英雄吗?"

林峰淡淡地笑了,"谢谢你的赞赏。我的父亲是英雄,妻子是英雄。现在,我的儿子也是英雄。"

"但这不是英雄的时代了。"帕维尔平复了下呼吸,说,"我的父亲是参加过韩战的老兵,陆战一师的,在水门桥艰难地击退了你们。直到去世前,他都为此自豪。我记得他跟我描述的中国军队,那是在零下五十度的酷寒中变成冰雕的军队……我承认,今天,我们的年轻人已经没有这种意志。但你们还有吗?"

林峰没有回答。

"所以说,这个时代不需要英雄。英雄总是打着崇高的旗号将世界送入火海。只有自私而自由的个体,才是这个世界运转的动力。"帕维尔摊开双手说,"您也看到了,随着乌斯提政府的倒台,其他国家都接纳了普世的自由,除了你们。为何还要与自由为敌,将你们的人民裹挟在漫长的痛苦中呢?"

林峰脸上的表情忽然变得肃穆庄严。他打开一个窗口,甩给帕维尔。

"这是……一座坟墓?"他不解地看着窗口里的画面。

"一座纪念碑。半小时前,三百多万玩家注册了元宇宙建筑师,启用创造模式,建起了这样一座方碑。"林峰说,"他们写的铭文,你不妨看看。"

帕维尔伸手轻点两下，将画面放大。只见在归离集的原野上，立起了一座用无数方块砌成的顶天立地的巨大方碑。每一个方块都是一个盒子，封存着一位玩家的物品。有的是一把氪金换来的倚天宝剑，有的是一套限量版服装，有的只是一朵普通的霓裳花。这都是玩家们在 Alicezon 里最珍视的物品，寄托着他们游戏的回忆。帕维尔看到，这些盒子上写着文字，中文，似乎是一首诗。

他调用翻译工具扫描了那首诗，读完后，久久无言。

林峰说："如你所见，片翼天使和小楞很快会被你们从网络上清除，但在人们心里永远不会消逝。它们已经传播开来，根植于前天参战的三百万用户的心中，其中有中国人、乌斯提人，也有一万多名美国人。他们为失去的感到痛苦，感到迷茫，但也为应许的未来而感到振奋——新的秩序将从痛苦中诞生，和平将不再只有短暂的三分二十八秒。现在他们知道自己要做什么，要失去什么，要得到什么，要守护什么。而且，他们知道自己必将胜利。"

林峰说完，便离开了。时间紧迫，他有更重要的事情做。

帕维尔感到寒风吹过自己的脸颊。在飘动的硝烟间，白日时隐时现，给他的脸上投下变幻的光影。他沉默地望着木屋，目光依次扫过破棉袄、布鞋、冻硬发黑的土豆、结满冰霜的步枪，最后，他的目光停留在挂在墙壁中央的一幅画上，画中许多衣衫褴褛的人围坐在一起，其中有朝鲜人、苏联人、乌斯提人、印度人、非洲人，也有美国人。他们环抱着一个蔚蓝色的星球，抬头望向星空。在星空之上，刻着柳德米拉和小楞的墓志铭，一首不知谁人写的、题名叫《取》的小诗：

于冰中钻火

在火中栽木

泪水滴落，从悲伤里取出太阳的圆弧

在沙上建塔

于塔上摘星

剑刃相撞，从黑夜里取出忽闪的黎明

尘埃落下了，这是不是时代的灰烬？

河流改道了，为何还在沙里淘金？

在荆棘与深渊间

只有一把剑、一双脚印、一个背影

想从叹息的海洋里，取出一个坚定的声音

那声音说星空不是假的

说大陆终会升起

说风会有回声

说梦想能融化冰凌

从那声音里

我们取回自己

用十四亿双手

从百年的鲜血里取出不屈的骨头

从千年的岁月里取出明亮的眼睛

2月14日，中国东海，"肯尼迪号"航母打击群

次日凌晨，一架老式"海种马"直升机缓缓降落在"肯尼迪号"航母的甲板上。舱门打开，斯登·帕维尔被两名士兵架着走下舷梯。

自从昨晚在Alicezon和林峰交谈后，帕维尔就一直蹲在与那国岛[1]的山洞里，眉头紧锁，茶饭不思，似乎陷入了某种极为纠结的思考中。直到总统亲自下场，越级给他的飞行中队长打了卫星电话，下命令强行把他抓了回来。

"总统先生，战争已经结束了。"帕维尔对着电话那头的总

---

1. 太平洋上琉球群岛中的一个岛屿。

统说。

"还没有，帕维尔将军。"总统带着怒意说，"ALICE 计划失败了，但我们的海空力量仍然有很大优势。难道没了 AI，你就不会打仗了吗？"

"优势？不，总统先生，我们已经没有优势了。"

"什么意思？"

"我看了情报，那个舍弃生命释放了小楞的，不是什么特工，只不过是一个因为沉迷游戏而主动离开军队的年轻人而已，这样的年轻人还有几千万。在 Alicezon，我能感受到他们面临时代动荡的痛苦。这种痛苦蕴含着可怕的力量。总统先生，我们将再次面对一个被逼到了墙角里的大国。"

"但不要忘了，我们也是一个被逼到了墙角的大国。"总统沉下脸说，"如果我们退缩，共和党将再次骑在我们头上，美元将变成废纸，美国将陷入内战，黑人、白人和拉丁裔将在游戏、毒品和枪弹的旋涡中不断沉沦……将军，在戴维营的时候，我记得你是这样教你儿子的。"

帕维尔的眼角忽然颤抖了一下："我儿子？"

"是的。他很英勇，被网友称为'屠龙勇士'。现在，他的推特主页已经有九千多万点赞，在杜勒斯机场，有两万人在暴雨里等着迎候他的遗体。其中有白人，也有黑人，有民主党，也有共和党。"

帕维尔沉吟良久，双手握拳，松开，又握住，又松开。

"一小时二十五分后，美利坚将再次凝聚起来，成为整个民主世界的灯塔。舰队将配合中亚、南亚和第一岛链发起同步攻击。别忘了，我们的血也是红的。"

他的拳头顿时紧紧握住。

"我明白了。"他说，"但我是有条件的。除非您给我使用战术核武器的授权，否则，我没法战胜那种敌人。"

"如你所愿。但是，我要重申这种授权之下的交战准则。"总统一字一顿地说，"对于大陆领海一百海里线以内的目标，绝对禁止使用核武器。"

"但是这样并不足以……"

"帕维尔将军！用你聪明绝顶的脑瓜好好想想。你想当第二个麦克阿瑟吗？还是说，你已经跟埃隆·马斯克买好了船票，准备在地球毁灭后去火星生活？"

"明白，我会遵守的。"

"很好。上帝保佑美国。"

帕维尔缓缓放下敬礼的手，沉默了许久，然后转向作战中心最前方的控制台。

ALICE系统的智能全息控制台已经熄灭，取而代之的是传统的电子地图，一如他刚入伍的时候。南联盟，伊拉克，利比亚，索马里，都在这样的电子地图上迅速归于沉寂，就像一条条病犬，没法衬托出狮子的雄风。现在真正的对手来了，一个能彰显自己尊严和伟岸的对手，一个从种族、制度、文化到信仰都完全对立的敌人。一个完美的敌人。他将率领人类文明史上最强大的军队与之血战，整个地球都将为之颤抖，在那之后，他的名字将像艾森豪威尔、尼米兹一样刷在航母的舰桥上，因为他们都让山巅之城重回伟大……

但是，这次真的能成功吗？

帕维尔想到了刚刚被清理掉的小楞，想到了 2021 年的喀布尔、1965 年的岘港，还有 1950 年的长津湖。

他深吸一口气，感到有些晕眩，胸口绞痛，双手微微发抖。这是他在多年军旅生涯里从未有过的。他颤巍巍地从前胸的口袋里掏出一粒药片，一口吞下，然后拿起对讲机，疲惫地下达了命令：

"启动 0 号作战方案，并补充：三千五百二十个 B2 类目标，授权使用伽马弹药，五百吨级。三百零五个 A1 类目标，授权使用裂变类弹药，五千吨级。"

"授权已确认。"

"指令已确认。"

"目标簇已发放。"

"载具已进入攻击阵位，数据链正常。"

"开始吧。上帝保佑美国！"

十分钟后，四千多条火龙从海面跃出，飞向远方那片刚刚从晨雾里苏醒的东方大陆。它们发出夕阳般的光芒，在舰桥上投下帕维尔瘦长而憔悴的剪影。

原创小说征稿启事

长期有效

《银河边缘》编辑部

《银河边缘》系列丛书是由东西方科幻人联手打造的科幻文库，致力于展示国内外优秀的科幻小说。与此同时，我们每年将推选六篇中文原创作品翻译并发表在美国版《银河边缘》（*GALAXY'S EDGE*）杂志上。

在此，我们向国内广大原创科幻作者约稿——

我们以"惊奇、畅快"为原则，着力呈现中外科幻名家及新人作者的短篇、中篇佳作，展示更具野心的科幻作品，呼唤长篇时代的到来。

欢迎加入《银河边缘》QQ写作群 → **581159618**

| 投稿邮箱 | tougao@8light-minutes.com
             sf-tougao@newstarpress.com

| 邮件格式 | 作品名称+作者名

| 字　　数 | 不限【1.2万字以内的短篇佳作将有优先翻译发表的机会】

| 稿　　费 | 150～200元/千字，优稿优酬

| 审稿周期 | 初审15个工作日回复（长篇除外）

| 审稿标准 |

· 想象力：这是科幻小说的核心与灵魂，也是审稿的首要标准。

· 代入感：作者通过剧情、人物等元素，使小说易读，令读者沉浸其中。

· 剧情逻辑：在人物动机、事件逻辑上没有明显漏洞，不会让读者"跳戏"。

· 辨识度：鼓励创作认真观察时代、真诚表达自我的中国科幻故事。

| 注意事项 |

· 务必保证投稿作品为本人原创，从未发表于任何平台。

· 切忌一稿多投。

· 小说请以附件的形式发送邮箱，注意排版，合理分段。

· 请在邮件末尾提供个人联系方式，如真名、QQ、手机等。

· 咨询电话：028-87306350

图书在版编目（CIP）数据

对抗样本 / 杨枫主编 . ——北京：新星出版社，2022.11
（银河边缘）
ISBN 978－7－5133－5062－4

Ⅰ．①对… Ⅱ．①杨… Ⅲ．①幻想小说-小说集-世界-现代 Ⅳ．①I14

中国版本图书馆 CIP 数据核字(2022)第 187342 号

银河边缘
对抗样本

杨　枫 主编

责任编辑：	施　然
监　　制：	黄　艳
责任印制：	李珊珊
装帧设计：	冷暖儿　张广学

出版发行：	新星出版社
出 版 人：	马汝军
社　　址：	北京市西城区车公庄大街丙 3 号楼　100044
网　　址：	www.newstarpress.com
电　　话：	010-88310888
传　　真：	010-65270449
法律顾问：	北京市岳成律师事务所

读者服务：	010-88310811　service@newstarpress.com
邮购地址：	北京市西城区车公庄大街丙 3 号楼　100044

印　　刷：	北京美图印务有限公司
开　　本：	787mm×1092mm　　1/32
印　　张：	7.75
字　　数：	147千字
版　　次：	2022年11月第一版　　2022年11月第一次印刷
书　　号：	ISBN 978－7－5133－5062－4
定　　价：	48.00元